Eva Finkenstädt
Gold in Tüten

AF186498

Verlag: tredition GmbH, Hamburg Printed in Germany
ISBN: 978-3-8495-7477-2

Bibliografische Information der Deutschen Nationalbibliothek:
Die Deutsche Nationalbibliothek verzeichnet diese
Publikation in der Deutschen Nationalbibliografie;
detaillierte bibliografische Daten sind im Internet über
http://dnb.d-nb.de abrufbar.

Eva Finkenstädt

# Gold in Tüten

Krimikomödie

Für meinen liebsten Chef
und die nettesten Kolleginnen,
die ich jemals hatte

# Inhalt

# Montag

Es begann wie ein ganz normaler vorweihnachtlicher Montag. Als die Belegschaft des Minimarkts an diesem frühen Morgen zur Arbeit kam, warteten vor der Garagentür schon Paletten voller neuer Ware auf sie. Marlies, die schon um zwanzig nach sieben mit dem Bus gekommen war, stand auf der Treppe zum Frühstücksraum und rauchte eine Zigarette, den Mantel noch einmal über die Dienstkleidung gestreift; die anderen zogen sich um, und im letzten Moment erschien auch der Lehrling Mahmut, der, wie üblich an Montagen, übernächtigt und verkatert wirkte. Manuela, die ihre Kolleginnen jeden Tag mit einer anderen Farbe erfreute, war heute an Haar, Ohren und Handgelenken orange geschmückt. Sie war auch schon als Weihnachtsfrau erschienen oder in der Tracht ihres Heimatdorfes, und bei wichtigen Fußballländerspielen zierten sie die Nationalfarben.

Um halb acht schloss der Chef den Laden auf, und die Belegschaft strömte hinein.

Dann begann eine halbe Stunde fieberhafter Aktivität.

Rolf, der Ladenbesitzer, überprüfte jede einzelne Position der neuen Lieferung und zeichnete die Lieferscheine ab. Anna räumte die Wurst aus der Theke, wusch die Tabletts mit heißem Wasser aus, schnitt jede einzelne Wurst frisch an und legte sie wieder zurück. Manuela schaffte die Körbe mit Backwaren herein, räumte Brote in die Regale und buk frische Brötchen. Marlies legte die aktuellen Zeitungen aus und packte das neue Fleisch in die Fleischtheke. Mahmut und Daniel, der seine Lehre als Verkäufer schon beendet hatte und ein weiteres Jahr lernte, um Einzelhandelskaufmann zu werden, füllten das Obstregal auf, fuhren die Obstwagen nach draußen und spannten die Sonnenschirme darüber auf.

Pünktlich um acht Uhr war alles fertig, jeder streckte sich und atmete noch einmal tief durch, dann wurde die Türe aufgeschlossen und die ersten Kunden kamen herein. Rolf zog sich in sein kleines Büro zurück, um die neuen Lieferungen in den Computer einzugeben, Marlies setzte sich an die Kasse und Mahmut und Daniel zogen sich in die Garage zurück, um die Palette mit frischem Obst abzuräumen.

Bis zu diesem Zeitpunkt war alles alltägliche Routine gewesen.


Don Luciano regt sich auf

„Nun beruhigen Sie sich doch, Padrone", sagte der schmächtige kleine Mann. „Denken Sie an Ihren Blutdruck!"

„Mein Blutdruck ist mir scheißegal", schrie der Padrone. „Keiner klaut Don Luciano zweihundert Kilo Koks und kommt ungestraft davon!"

„Wir wissen ja noch gar nicht, wo der Stoff hingekommen ist. Vielleicht ist es ja auch nur ein Versehen, eine unbedeutende kleine Verspätung ..."

„Ja, und vielleicht bin ich der Weihnachtsmann? Für wie blöd halten Sie mich, Silvio? Die Lieferung hätte heute morgen spätestens angekommen sein müssen, und sie ist nicht da! Das ist alles, was für mich zählt. Und ich sage Ihnen das eine: Mit mir macht man so etwas nicht! Mit mir nicht!"

Silvio Francini seufzte. Das war wieder einmal einer jener Tage, an denen er seinen Job hasste. Aber was sollte er machen? Wer einmal Privatsekretär eines Paten geworden war, verließ diesen Job erst als Leiche wieder. Oder zumindest war er kurz danach eine geworden und hatte zudem eine höchst unübliche Begräbnisstätte gefunden. Die Aufstiegschancen hingegen waren minimal.

„Wir sollten erst einmal überprüfen, ob es sich nicht vielleicht doch um ein Versehen handelt. So etwas kommt vor, wissen Sie."

Der Pate ließ sich krachend in den stabilen Stuhl hinter seinem großen Schreibtisch fallen. Silvio hatte noch nie verstanden, wozu Don Luciano einen so großen Schreibtisch brauchte. Es war ja schließlich nicht so, als ob er darauf irgend etwas geschrieben hätte. Silvio war es, der seiner eigenen Ansicht nach die ganze Arbeit machte; und er fand, er sei völlig unterschätzt und vor allem unterbezahlt. Der Padrone selbst wäre allein mit seinen Telefonen zurechtgekommen, und für die hätte er keinen Schreibtisch gebraucht.

Silvio hielt seinen Chef nicht für besonders intelligent. Es war schon ein Wunder, dass er seine Telefone nicht durcheinanderbrachte: den Festnetzanschluss für die offiziellen Geschäfte und den für Privates sowie das knappe Dutzend nicht ortbarer Handys für alles andere, einschließlich des roten Handys für Notfälle, dessen Nummer alle seine Abteilungsleiter und deren Stellvertreter im Kopf – und nur im Kopf – haben mussten.

„Wissen Sie, Silvio, es geht mir ja nicht um die paar Kilo Koks. Oder um das Geld, das uns da durch die Lappen geht. Die sind mir scheißegal. Aber ich kann auf keinen Fall zulassen, dass irgend ein dahergelaufener Penner einen Don Luciano reinlegt!"

Silvio nickte vorsichtig.

„Und sollte irgend etwas von dieser ganzen üblen Geschichte nach draußen durchsickern, dann möchte ich verdammt nochmal, dass dieser Satz dabei ist. Don Luciano scheißt auf die paar Kröten. Die Sache ist ernst: Hier geht es um die Ehre!"

Silvio nickte noch etwas vorsichtiger. Gelegentlich besserte er sein mickriges Gehalt dadurch ein wenig auf, dass er Informationen aus der Organisation weitergab. Nichts Weltbewegendes, Gott bewahre, auch nichts wirklich Wichtiges; eher so kleine, harmlose Anekdoten, die keinem wehtaten. Diese Geschichte wäre so eine davon.

Don Luciano wusste das und nutzte es von Zeit zu Zeit zur gezielten Desinformation. Seine Konkurrenten lasen diesem nichtsnutzigen Sekretär jedes Wort von den Lippen ab, als hätte es der Papst geäußert, und begriffen nie, warum er manchmal völligen Blödsinn von sich gab.

Das mit der Ehre und der Reputation war ja schön und gut, aber fürs Geschäft war es allemal besser, man wurde ein wenig unterschätzt, fand der Don. So hatte es ihm sein Vater beigebracht, und der hatte Recht gehabt.

Aber dass sie ihn offen vor seinen eigenen Augen bestahlen, das ging denn doch zu weit. Das konnte er sich nicht bieten lassen. Das würde einen Schatten auf seinen guten Namen werfen, den er sich so sorgfältig ausgesucht hatte. Denn natürlich hieß er nicht wirklich Don Luciano. Aber sein wahrer Name lag so weit zurück in der Vergangenheit, dass kaum noch jemand sich daran erinnerte.

Seufzend lehnte er den massigen Körper in seinem Schreibtischstuhl zurück und sah widerwillig auf seinen Sekretär, der unruhig von einem Fuß auf den anderen trat und auch seine Hände nicht stillhalten konnte. Gut so. Manchmal musste man die Kerle ein bisschen beunruhigen, sonst fühlten sie sich zu sicher.

„Also, was tun wir jetzt?", fragte er schließlich.

Silvio atmete auf. Der Kelch des Patenzorns war einmal mehr an ihm vorübergezogen.

„Vor allem müssen wir herausfinden, wo der richtige Container hingekommen ist", sagte er.

„Tun Sie das", sagte der Padrone. „Und anschließend finden Sie diesen Schweinehund, der es gewagt hat, Don Luciano zu beklauen. Schneiden Sie ihm die Eier ab und stopfen sie ihm in sein gieriges Maul."

Silvio zuckte ein wenig zusammen. Die Ausdrucksweise seines Chefs war manchmal wirklich nicht mehr zeitgemäß.

„Aber unauffällig, Silvio! Wir wollen doch nicht, dass unsere Transportwege auffliegen oder unsere Connections."

Und mit einem Handwinken war Silvio entlassen.


Zwei Lehrlinge machen eine Entdeckung

„Also, was haben wir da", murmelte Daniel halblaut. Mit einem Klemmbrett in der Hand stand er in der Garage, in die sie eben das Obst geschafft hatten.

„Kolumbianisches Gold", erwiderte Mahmut trocken, und verwundert sah Daniel auf. Tatsächlich stand Columbian Gold auf die Pappkartons mit den Orangen gedruckt.

„Neue Sorte?", fragte er, und Mahmut erwiderte: „Scheint so."

„Na, dann reich mal rüber", sagte Daniel. Mahmut reichte ihm den ersten Karton, und Daniel eröffnete damit einen säuberlichen Stapel in der Ecke neben dem Kühlraum.

„Du, das ist aber seltsam", meinte Mahmut plötzlich. „Kolumbianisches Gold in Tüten?"

„Was in Tüten?"

„Weißes Pulver."

„Vielleicht eine Chemikalie zum Frischhalten?"

„Eingeschweißt. Luftdicht verpackt."

„Na, dann wohl eher nicht. Zeig mal her."

Beide betrachteten schweigend die durchsichtige, prall gefüllte Plastiktüte.

„Also eins ist mal sicher", meinte Daniel schließlich, „Puderzucker ist das nicht." Und nach einem weiteren Moment des Nachdenkens fügte er hinzu: „Wir müssen die Polizei anrufen."

„Bist du wahnsinnig? Dann sind wir tot!" Zweifelnd schaute Daniel von der Tüte in seiner Hand auf. „Natürlich sind wir dann tot! Meinst du vielleicht, das Zeug stammt von der Heilsarmee?!"

„Wie viel ist es überhaupt?"

Die beiden begannen alle Kartons mit kolumbianischen Apfelsinen zu durchsuchen. Es waren zwanzig Kartons, und in jedem von ihnen fanden sie fünf Tüten. Ein Vergleich mit den Orangennetzen ergab, dass jede Tüte etwa ein halbes Kilogramm wiegen mochte.

„Wir müssen dem Chef Bescheid sagen", sagte Daniel.

„Spinn doch nicht! Willst du den auch noch da mit reinziehen? Wir müssen das Zeug verschwinden lassen, und zwar schleunigst!"

„Meinst du, das ist Koks?"

„Was soll es denn sonst sein? Kolumbien, weißes Pulver – hallo?"

Daniel war ein ruhiger, zielstrebiger Mensch. Unter normalen Umständen hätte er sich gemächlich die Karriereleiter emporgearbeitet, mit dem Rentenalter hätte er ein ausreichendes finanzielles Polster und eine abbezahlte kleine Villa besessen, und dann wäre er ebenso ruhig und zielstrebig darangegangen, die Welt zu entdecken oder sich ein paar andere abendfüllende Hobbys zuzulegen. Die Unterschlagung von fünfzig Kilo Kokain jedenfalls war in seinem Lebensplan nicht vorgesehen.

Mahmut war da schon deutlich impulsiver. Seine Gemächlichkeit bei der Arbeit stellte die von Daniel so sehr in den Schatten, dass die Kolleginnen ihre Frotzleien ganz auf ihn konzentrierten und Daniels Arbeitstempo völlig übersahen. Aber manchmal – wenn auch selten – bekam Mahmut regelrechte Anfälle von Hektik und Arbeitswut. In einem solchen Anfall begann er jetzt Orangen und Pulvertüten in unterschiedliche Kartons zu sortieren.

„Der Chef wird das merken", meinte Daniel. „Schließlich werden die Apfelsinen nachher in der Kasse fehlen. Kein Mensch klaut fünfzig Kilo Apfelsinen."

Mahmut drückte ihm einen Karton voller Orangen in die Hand. „Geh zur Kasse und kauf die. Anschließend stellst du sie wieder auf den Stapel."

„Was, von meinem Geld?"

„Mann, bist du bescheuert oder was? Wir sitzen hier auf einem Vermögen, begreifst du das nicht? Das hier ist das pure Gold in Tüten!"


Auf der Suche nach der Lieferung

Don Luciano hielt viel vom Delegieren. Was man delegierte, das musste man nicht selbst tun. Wovon er nichts hielt, das war Vertrauen. In einer Organisation wie der seinen, fand er, war äußerstes Misstrauen angebracht. Und überall anders übrigens auch.

Deshalb verwendete er ein System, das seines Wissens der KGB einst erfunden hatte und das sich wunderbar bewährte: Jede Aktion musste von drei Leuten ausgeführt werden. Beauftrage man einen oder zwei, dann war die Gefahr groß, dass sie einen hintergingen. Waren es aber drei, dann wusste jeder, dass einer von ihnen ein Spitzel war, und es war so gut wie ausgeschlossen, dass sie sich zu irgendwelchen Eigenmächtigkeiten verabredeten. Einer von ihnen würde reden, das wusste jeder, und deshalb versuchte jeder, dem zuvorzukommen und der erste zu sein, der jede kleine Unregelmäßigkeit sofort meldete.

Ja, fand Don Luciano, das hatte der KGB sich sehr gut ausgedacht.

Und deshalb saß Silvio Francini jetzt mit zwei Männern zusammen, um die Suche nach dem verschwundenen Koks mit ihnen zu besprechen.

Umberto war ein aufstrebender junger Mann, studierter Betriebswirt und mit einer Tochter des Padrone verheiratet. Er ereiferte sich.

„Aber wie können wir diesen Container suchen, ohne alle Welt auf ihn aufmerksam zu machen? Wenn es heißt, Don Luciano sucht einen verlorengegangenen Container mit kolumianischen Orangen, dann weiß doch sofort jeder, was los ist. Nein, das ist völlig unmöglich. Wir sollten ihn abschreiben. Ich habe mir das durchgerechnet. Es ist zwar ein ordentlicher Verlust, aber es bringt uns nicht um. Viel schlimmer wäre es, wenn man uns auf unsere Transportwege käme und sie dicht machte. Das wäre dann wirklich ein Verlust, den wir so schnell nicht verkraften könnten."

Der dritte Mann in Silvios Büro hieß Rudolfo. Er war schon älter und seine vielen Narben bewiesen, dass er das Geschäft von der Pike auf gelernt hatte. Gerüchte besagten sogar, dass er dem Padrone mehr als einmal das Leben gerettet habe; das war aber auch der einzige Grund, fand Silvio, ihm eine so verantwortungsvolle Position anzuvertrauen.

„Das können wir unmöglich tun", sagte Rudolfo. „Die anderen Familien würden sich scheckig lachen. Der Verlust an Ansehen wäre wirklich schwerwiegend. Wir müssen diesen Container suchen, finden und hierherschaffen."

„Aber wenn wir erst gar nicht suchen, dann müssen die anderen doch gar nichts davon erfahren! Sobald wir suchen, wissen es alle."

Die Diskussion hatte sich schon drei Mal im Kreis gedreht, und jetzt wurde es Silvio zu bunt. Warum nur hatte der Padrone ihn mit diesen Eseln gestraft? Er griff zum Telefon und rief seinen Kontakt bei der Hafenbehörde an.

„Hallo? Hier ist Silvio Francini vom Büro Don Lucianos. Ich hätte da mal ein kleines Anliegen."

Rudolfo und Umberto starrten ihn sprachlos an, und der Mann bei der Hafenbehörde musste erst einmal beruhigt werden.

„Aber nein, mein Lieber, nein! Alles in bester Ordnung. Nein, es fehlt nichts, alles da. Doch, der Padrone ist sehr zufrieden mit Ihrer Arbeit. Aber was ich sagen wollte: Wir haben hier einen Container zu viel bekommen. Der Padrone würde ihn gern an seinen ursprünglichen Adressaten weiterleiten. Könnten Sie mir den bitte raussuchen? Ich gebe Ihnen die Daten. Meinen Sie, Sie könnten das vor Mittag noch rausfinden? Wir wären Ihnen sehr verbunden. Der Padrone möchte gerne, dass alles seine Ordnung hat. Ja, ist klar. Wir erwarten dann Ihr Fax. Meinen ganz herzlichen Dank. Und schöne Grüße an Ihre liebe Frau!"

So. Am liebsten hätte er gesagt: Da könnt ihr mal sehen, wie man sowas macht, ihr Pfeifen. Aber so etwas sagte man natürlich nicht zum Schwiegersohn des Chefs.


## Die Tüten verschwinden

Wenn die Kolleginnen Mahmut an diesem Vormittag hätten sehen können, sie hätten sich sehr über ihn gewundert. Er legte einen Eifer an den Tag, ein Tempo, wie sie es nie von ihm erwartet hätten. Wenn der ganze Minimarkt in hellen Flammen gestanden hätte, er hätte nicht schneller arbeiten können.

Der Chef des Minimarkts hielt ebenso wie Don Luciano viel davon, Arbeit zu delegieren. Im Gegensatz zu diesem hielt er auch viel davon, Verantwortung abzugeben. Seiner Ansicht nach bereitete es so viel Mühe, die Angestellten ständig zu überwachen, dass man die Arbeit dann ebenso gut auch gleich selbst erledigen konnte. Also ließ er es bleiben. Natürlich behielt er Neueinstellungen eine Zeitlang unauffällig im Auge; aber sobald er sich von ihrer Zuverlässigkeit, ihrer Ehrlichkeit und ihrer Kompetenz überzeugt hatte, konnten seine Angestellten mehr oder weniger tun und lassen, was sie wollten. Auf diese Weise hatte er im Lauf der Jahre ein Team zusammenbekommen, das sehr selbstständig und mit Freude arbeitete.

Zur Zeit saß er in seinem Büro am Computer und überließ den Laden sich selbst, überzeugt davon, dass alles seine gewohnten, ruhigen Gänge ging.

Diese Einstellung ihres Chefs kam Daniel und Mahmut jetzt zugute. Niemand hielt sie auf, als sie einzeln und so unauffällig wie möglich volle Kartons zu Daniels Auto schafften und dort im Kofferraum verschwinden ließen. Zudem wurden die kolumbianischen Orangen auf die Obstwagen vor der Ladentür gebracht und dort so platziert, dass sie sich so schnell wie möglich verkauften.

Gegen halb elf ließ der vormittägliche Kundenansturm im Minimarkt etwas nach und Marlies nutzte die Zeit für eine Zigarettenpause. Kaum war sie um die Ecke verschwunden, da schleppte Mahmut zwei Kisten voller kolumbianischer Orangen zur Kasse, um sie zu kaufen und anschließend wieder im Lager verschwinden zu lassen. „Wir kriegen nämlich Besuch", erklärte er, und Anna, Marlies' Kassenvertretung, nickte verständnisvoll. Sie ging wie selbstverständlich davon aus, dass Familien, die aus dem Nahen Osten stammten, viele Mitglieder hatten und kiloweise Orangen verzehrten.

Wenn die Morgenschicht zu Ende war und die Nachmittagsbesetzung Dienst hatte, wollten Daniel und Mahmut ihre fingierten Einkäufe wiederholen und weitere zwanzig Kilo kaufen, und damit würde dann das Verschwinden von fünfzig Kilo Orangen hinreichend erklärt sein. Und das Kassensystem eines deutschen Einzelhändlers kann sich nicht irren – das sei das Finanzamt vor!


Die Spur führt nach Deutschland

Zur gleichen Zeit erhielt Silvio Francini in Neapel ein Fax, aus dem hervorging, dass die Orangen Don Lucianos eigentlich für die Filiale einer deutschen Einkaufsgemeinschaft in der Nähe von Frankfurt bestimmt waren.

Versonnen blickte Silvio auf das Papier in seinen Händen. Die Hafenbehörde hatte zügig reagiert. Eine deutsche Einkaufsgesellschaft also, die wiederum viele kleine Einzelhändler belieferte. Deren Orangen waren bei Don Luciano gelandet, und es musste doch mit dem Teufel zugehen, wenn die nicht im Austausch den

Container bekommen hatten, der für Italien bestimmt gewesen war.

Den Ort, an dem die Filiale sich befand, hatte er erst googeln müssen. Aber auch das hatte ihm nicht viel weitergeholfen.

Sie mussten jetzt handeln, und zwar so schnell wie möglich. Jede Sekunde zählte. Noch mochte es nicht zu spät sein, die Ware wiederzubekommen. Aber wenn sie erst einmal entdeckt wäre – es wäre nicht abzusehen, was dann geschehen konnte. Schlimmstenfalls hatten sie die deutsche Polizei auf dem Hals. Silvio hatte gehört – wenn er es auch nicht so recht glauben konnte –, die könne man nicht bestechen.

„Das ist also die Lage", sagte er. „Wir haben in Deutschland keine Interessen und folglich auch keine Vertreter. Das sind die Geschäfte in anderen Händen. Vielleicht könnten wir bei den anderen Familien nachfragen, ob die nützliche Verbindungen haben. Aber das kann natürlich nur die allerletzte Lösung sein. Hat jemand eine bessere Idee?"

Zu Silvios Überraschung hatte Umberto, der Schwiegersohn, einen Vorschlag, der sich außerdem auch noch gut anhörte.

„Ein Kommilitone von mir hat sich in Frankfurt selbstständig gemacht", erzählte er. „Betreibt eine Beraterfirma für genau diese Art von schwierigen Fällen. Wir könnten ihn anrufen. Er ist sehr einfallsreich und kennt viele wichtige Leute."

Natürlich wollte der Schwiegersohn Pluspunkte sammeln beim Chef, das war Silvio klar. Schließlich hatte der Padrone noch keinen Nachfolger benannt. Allerdings vergab der Don keine Pluspunkte. Es war ein weit verbreitetes Missverständnis, das nie aufgeklärt wurde; denn bisher profitierte die Familie davon, dass jeder versuchte, beim Don zu punkten. Altmodisch, wie er war, würde der

Padrone eines Tages seinen Nachfolger nach der Persönlichkeit auswählen, nicht nach irgendwelchen Verdiensten, dachte Silvio.

Aber sei's drum; ein guter Vorschlag war ein guter Vorschlag, egal von wem und warum er kam. Silvio ließ sich die Karte der Beratungsfirma geben und ging damit hinein zu Don Luciano.

„Was soll das heißen?", rief der Don. „Irgendwelche stinknormalen Obstverkäufer haben meinen Koks?"

„So sieht es fast aus, Padrone."

„Was für eine verdammte Schweinerei! Wir haben hart dafür gearbeitet! Nehmt ihnen das Zeug wieder ab, aber pronto."

„Wir arbeiten daran. Umberto hat vorgeschlagen, diese Agentur hier einzuschalten. Er kennt den Inhaber persönlich. Wenn Sie mal einen Blick darauf werfen wollen?" Und Silvio überreichte die Visitenkarte von Umbertos Studienkollegen.

„Wenn der Typ unzuverlässig ist, dann drehe ich Umberto seinen verfluchten Hühnerhals um, egal, was seine Frau dazu sagt."

„Ja, Padrone."

„Der Kerl ist ein Schleimscheißer und geht mir ganz fürchterlich auf die Nerven. Meine Tochter muss den Verstand verloren haben."

„Ja, Padrone."

„Ach, wissen Sie was, Silvio, ich rufe da selbst an. Will doch mal sehen, was das für ein Mensch ist, den Umberto uns empfiehlt."

Und Don Luciano griff zum Hörer, um mit Frankfurt zu telefonieren.

Umbertos Freund Friedhelm nannte sich zwar Berater, aber er betrieb eine sehr eigenwillige Agentur. Er war spezialisiert auf Fälle, die Tatkraft, Einfallsreichtum und gute Verbindungen zu allen möglichen Kreisen erforderten und die einen ansehnlichen Profit abwarfen.

Als Don Luciano in Frankfurt anrief, saß Agenturchef Friedhelm gerade mit seiner Assistentin Luisa bei einem späten Vormittagskaffee. Der Anruf aus Neapel kam ihm gerade recht; sie hatten in den letzten Wochen einige gute Aufträge abgeschlossen, bis auf einen alle erfolgreich, und hatten zur Zeit wenig mehr zu tun als auf die Bezahlung ihrer Rechnungen zu warten.

„Das ist was für dich, Luisa", sagte Friedhelm, als er das Telefonat beendet hatte. „Ein Herr aus Neapel, der sich selbst Don Luciano nennt – mit einer Selbstverständlichkeit, als gäbe es keine Nachnamen auf der Welt. Er vermisst einen Container voller Orangen aus Kolumbien, die versehentlich nach Deutschland geliefert worden sind. Drei Mal darfst du raten. Jedenfalls sollen wir ihm das Zeug unauffällig wieder herbeischaffen."

„Könnte eine Falle sein", meinte Luisa und ließ gelangweilt ihren Kaffee in der Tasse kreisen.

„Könnte. Muss aber nicht. Jedenfalls hab ich den Auftrag angenommen. Sie haben einen Container nach Neapel geliefert bekommen, der eigentlich für ein deutsches Verteilzentrum bestimmt war. Und jetzt glauben sie, dass die hier ihre Ware haben. Die genauen Daten krieg ich noch per Fax."

„Wenn wir Glück haben, wissen die Deutschen von nichts", meinte Luisa. „Es könnte aber auch eine absichtliche Verwechslung gewesen sein, und in dem Fall müssen wir uns auf Widerstand gefasst machen. Dann kriegen wir Ärger mit dem, der die Container umgeleitet hat."

„Du übernimmst den Auftrag also?"

„Ja klar."

Luisa mochte Aufträge mit vielen Unwägbarkeiten, bei denen sie improvisieren musste. Sie gaben ihr das Gefühl, besonders wach und klar zu sein, konzentriert bis in die Fingerspitzen. Ein Artist auf dem Hochseil mochte sich ähnlich lebendig fühlen.

Bei diesem Auftrag durfte sie der Polizei keine Anhaltspunkte liefern, für den Fall, dass die ganze Geschichte eine Falle war. Sie durfte der Einkaufsgesellschaft keinen Anlass geben, sich Gedanken zu machen, sonst würde sie womöglich schlafende Hunde wecken. Und falls ein Dritter hinter Don Lucianos Ware her war, musste sie jede direkte Konfrontation vermeiden und einen unverfänglichen, am besten einen halb offiziellen Eindruck hinterlassen.

Sie mietete eine Garage bei einer kleinen Spedition, die ihres Wissens völlig unbelastet war und so sauber arbeitete, wie eine Spedition heutzutage arbeiten kann; das heißt, lediglich ihren Fahrern Hungerlöhne zahlte und mit den Fahrtenschreibern trickste.

Dann rief sie den Filialleiter der Einkaufsgesellschaft an. Sie entschied sich dafür, die Geschichte von der Spinne in der Yuccapalme zu benutzen, und machte es dringend. So weit sie es absehen konnte, waren damit alle Eventualitäten abgedeckt. Und wenn sich noch etwas Unvorhersehbares ergeben sollte, dann bot ihr diese Geschichte immer noch genügend Spielraum für Reaktionen in alle möglichen Richtungen. Doch, der Auftrag gefiel ihr.

Wenn alles glatt lief, würde die Filiale jetzt die Orangen wieder für sie einsammeln, und dann brauchten sie nur noch eine Rechnung dranzukleben und sie nach

Neapel weiterzuschicken. Aber Luisas Erfahrung nach lief sehr selten alles glatt. In diesem Fall würde es noch Probleme geben, das spürte sie genau, und sie freute sich darauf.

## Wohin mit dem Koks?

Die Vormittagsschicht im Minimarkt endete zwischen ein und zwei Uhr, zwischen zwölf und eins trat die Nachmittagsbesetzung ihren Dienst an. Das gab den wenigen Vollzeitkräften die Gelegenheit zu einer ausgiebigen Mittagspause. An diesem Montag hatten sich Daniel und Mahmut verabredet, gemeinsam Burger essen zu gehen. Schließlich hatten sie ja etwas miteinander zu besprechen. Vorsichtig wie selten fuhren sie mit ihrem Koks im Kofferraum und hielten sich an jede einzelne Geschwindigkeitsbeschränkung.

Sie fanden einen freien Tisch in der Ecke, und eine Gruppe lärmender Schüler am Nebentisch sorgte mit ihrer Geräuschkulisse dafür, dass sie sich ungehört unterhalten konnten.

„Und was nun, du Held?", fragte Daniel, kaum dass sie mit ihren Burgern am Tisch saßen. „Jetzt stehen wir ganz schön dumm da!"

„Also erstmal hab ich uns das Leben gerettet. Das wollen wir doch mal festhalten."

„Ja vielleicht, mag sein – aber wie geht's jetzt weiter?"

„Jetzt müssen wir das Zeug nur noch verkaufen, und dann schwimmen wir in Geld und müssen nie wieder arbeiten."

„Und als nächstes wirst du mir jetzt wahrscheinlich erzählen, dass du zufällig einen Großabnehmer für fünfzig

Kilo unverschnittenes Kokain kennst, den wir dann nur noch besuchen müssen."

„Naja, eigentlich nicht. Den müssen wir natürlich erst noch finden."

„Na prima. Und wie hast du dir das vorgestellt? Wir können ja schlecht eine Anzeige aufgeben."

„Darüber habe ich natürlich den ganzen Vormittag nachgedacht. Und du brauchst gar nicht so skeptisch zu gucken. Wie ich die Sache sehe, haben wir zwei Möglichkeiten. Entweder wir versuchen es bei einer Rockerbande oder im Rotlichtmilieu. Also Rockbar oder Paradise."

Daniel lehnte sich über den Tisch und sah seinen Kollegen eindringlich an. „Mahmut, du kannst nicht einfach da reinschneien und fragen, ob jemand vielleicht kiloweise Koks kaufen will. Die hauen dir eine Keule übern Schädel und verduften mit dem Zeug. Und außerdem gibt es ja auch noch die rechtmäßigen Besitzer, die vielleicht schon nach ihrer Ware suchen. Die zählen doch zwei und zwei zusammen, wenn du überall rumrennst und verkündest, dass du was zu verkaufen hast."

Er lehnte sich wieder zurück und schloss seufzend: „Ich muss verrückt gewesen sein, dass ich mich auf sowas eingelassen habe."

„Naja, natürlich müssen wir das ein bisschen diskret machen. Dürfen nicht gleich mit der Tür ins Haus fallen und so. Aber da draußen laufen so viele Typen rum, die verzweifelt nach Koks suchen. Da müsste es doch mit dem Teufel zugehen, wenn wir nicht einen davon finden würden."

„Mahmut, ich glaube, du nimmst die Sache nicht ernst."

„Nun sei doch nicht so pessimistisch! Lass uns heute abend mal in die Rockbar gehen, nur so ein bisschen rumhorchen. Und morgen gehen wir dann ins Paradise."

Daniel dachte noch einmal, er müsse verrückt gewesen sein. Aber er würde mitgehen. Natürlich würde er mitgehen. Der Himmel allein mochte wissen, was Mahmut anstellen würde, wenn man ihn allein gehen ließe.

Als die beiden nach ihrer Pause wieder zurück in den Laden kamen, wartete der Chef schon auf sie. Es war ein Fax gekommen, das die kolumbianischen Orangen wegen möglicher Qualitätsmängel zurückrief, und fast die Hälfte davon war schon verkauft gewesen. Über die beiden ging Das Große Donnerwetter nieder, das jeden Verkäuferlehrling erwartet, der frische Ware ins Regal räumt, bevor die ältere verkauft ist. Sie ließen es mit gesenkten Köpfen über sich ergehen und trugen es mit Fassung.

## Unter Rockern

Die Rockbar war eine Institution. An Wochenenden waren Daniel und Mahmut schon darin gewesen. Die Rocker hatten keine Berührungsängste zu Normalbürgern und ihre Öffnungszeiten richteten sich nach dem Bockprinzip; so war ihre Kneipe zu einer beliebten Anlaufstelle für späte Nachtschwärmer geworden.

„Wenn wir jetzt zufällig die Leute fragen, denen das Zeug eigentlich gehört, dann sind wir toter als tot", knurrte Daniel noch vor der Eingangstür, und Mahmut meinte: „Vertrau mir doch einfach."

„Lieber nicht", murmelte Daniel noch halblaut vor sich hin. Dann setzten sie sich an die Bar.

Getreu der alten Regel, dass der Barmann im Zweifel am besten Bescheid weiß und die besten Tipps für alle Lebenslagen parat hat, versuchten sie ein Gespräch mit dem Rocker hinterm Tresen anzuknüpfen. Der erwies sich aber als ziemlich wortkarg und wollte nicht so recht auf die beiden eingehen.

Schließlich fragte ihn Mahmut ganz direkt: „Sag mal, was würdest du eigentlich machen, wenn du zufällig fünfzig Kilo Koks finden würdest?"

„Einen großen Bogen drum herum", erwiderte der Rocker trocken; und einen großen Bogen machte er fortan auch um Daniel und Mahmut und sprach mit ihnen nur noch das Nötigste.

„So geht das nicht", sagte Mahmut. „Wir müssen mit den Leuten ins Gespräch kommen."

Er ging zu drei Männern hinüber, die sich am anderen Ende des Tresens miteinander unterhielten, und fragte: „Kann ich diesen Barhocker hier haben?"

Der breiteste von den dreien blickte auf und antwortete: „Nimm ihn. Und wenn du mich noch einmal im Gespräch störst, schlag ich dir die Nase platt."

Mit einem Barhocker in den zitternden Händen kam Mahmut zurück und sagte zu Daniel: „Weißt du, was der zu mir gesagt hat? Weißt du, was der gesagt hat? Er schlägt mir die Nase platt, hat er gesagt!"

Daniel fand, mit so etwas habe man rechnen müssen. Aber Mahmut war nachhaltig verstört. Er trank sein Bier aus, bestellte entgegen seiner Gewohnheit kein neues und ging früh nach Hause.

Daniel hatte es weniger eilig. Er saß nicht lange allein an der Bar, ein anderer einzelner Gast gesellte sich zu ihm. Daniel erinnerte sich an Mahmuts Frage von vorhin, die er gar nicht mal so ungeschickt gefunden hatte, und fragte in unverbindlichem Plauderton: „Sag mal, was würdest du eigentlich machen, wenn du zufällig fünfzig Kilo Koks finden würdest?" Und als der Mann ihn verwundert ansah, fügte er hinzu: „Ich meine, andere überlegen sich schon mal, was sie mit einer Million im

Lotto machen würden, das ist doch auch so eine Frage, oder?"

„Wie sollte man denn fünfzig Kilo Koks finden?"

„Angenommen, jemand hat es im Wald vergraben und dein Hund buddelt es aus?"

„Hast du denn einen Hund?"

„Nein."

„Hätte aber gut zu dir gepasst. Du siehst so aus, als könntest du einen haben", meinte der Mann. Dann begann er begeistert zu erzählen, wie toll er Rocker finde, dass aber Daniel auch eine echt tolle Figur habe.

Da trank auch Daniel sein Bier aus und ging ebenfalls nach Hause.

# Dienstag

Am frühen Dienstagmorgen schwärmten von der Filiale der Einkaufsgemeinschaft viele Lastwagen aus wie fleißige kleine Ameisen. Routiniert brachten sie Waren in all die kleinen Läden, sammelten Rückrufware, Fehllieferungen, Mängelware und die zugehörigen Lieferscheine ein und brummten damit zurück zur Zentrale. Dort wanderten die Lieferscheine ins Büro, alles andere zurück in die Lagerhallen der Einkaufsgemeinschaft.

Nur für die kolumbianischen Orangen gab es eine Sonderregelung. Luisa hatte den Filialleiter davon überzeugt, dass die Gesundheitsgefahr nicht abgeschätzt werden könne, die von ihnen ausging. Als sie fertig gewesen war, war er froh gewesen, dass sie einen Platz in einer Spedition für die Rückrufware gemietet hatte und ihm das weitere Vorgehen aus der Hand nahm.

Luisa erhielt den Anruf der Spedition am frühen Vormittag. Die Ware war eingetroffen und wie vereinbart in einem abgelegenen Lagerraum ganz für sich untergebracht worden. Sie zog einen Chemikerkittel über ihr Kostüm, kaufte in der nächsten Apotheke einen Mundschutz und fuhr hin. Der Besitzer der Spedition war von ihrem Auftreten angemessen beeindruckt und versicherte ihr, dass niemand außer ihr Zutritt zu diesem speziellen Lagerraum haben werde.

Ihre Untersuchung der Ware ergab genau das, was sie vermutet hatte: In jedem einzelnen Karton befand sich nur eine dünne Schicht Orangen an der Oberfläche, darunter lagerten durchsichtige Plastiktüten voll mit weißem Pulver. Sie ging mit ihrem Klemmbrett die Reihen entlang und verglich den Bestand mit den Daten, die auf dem Fax von Don Luciano standen.

Mehrere Kartons fehlten.

Im Geiste hatte sie bereits die Erfolgsmeldung formuliert und über den Betrag auf der Rechnung nachgedacht, die sie nach Neapel schicken würde. Wie viel Prozent des Wertes standen einem eigentlich als Finderlohn zu? und welchen Wert mochte diese spezielle Ware haben?

Das alles konnte sie sich nun abschminken. Die Ware war nicht vollständig. Sie rief ihren Chef an.

„Nun, dann müssen wir halt rausfinden, wo der Rest steckt", meinte Friedhelm.

„Das dürfte nicht so einfach sein. Die Einkaufsgesellschaft wird ihre internen Daten wohl kaum an Außenstehende weitergeben."

„Ach Luisa, mein Mädchen, du schaffst das schon. Und für den Rest engagieren wir dann Siegfried und Roy."

Luisa hasste es, wenn er sie „mein Mädchen" nannte, aber das überging sie für diesmal. Stattdessen fragte sie: „Wen engagieren wir? Sollen die das Zeug etwa herbeizaubern?"

Friedhelm kicherte. „Sag nur, du kennst Siegfried und Roy noch nicht! Die aus Frankfurt, mein ich jetzt. Na, schaff du mal die Adressen herbei, dann wirst du die beiden ja kennenlernen! Ich frag mal nach, ob sie für heute frei sind. Aber eins kann ich dir gleich sagen: Gegen deinen Charme sind die zwei immun!"

Und er legte auf, um gleich darauf ein Ortsgespräch zu führen.


## Luisa spielt ihren Charme aus

Für Gespräche wie das mit dem Filialleiter kleidete Luisa sich so, dass sie für alle Eventualitäten gerüstet war. Ihr dunkles Schneiderkostüm ließ sie wirken wie eine seriöse, hochbezahlte Geschäftsfrau; aber der Schlitz, den sie in den engen Rock hatte einarbeiten lassen, erlaubte ihr, mit ein paar geschickten Bewegungen viel von ihren schlanken, schimmernd bestrumpften Beinen hervorblitzen zu lassen. Das Jackett ließ ihre Rundungen erahnen, aber wenn sie es wie zufällig auszog, zeigte die Bluse sehr deutlich, dass sie keinen Büstenhalter trug und auch keinen brauchte.

Bei dem Filialleiter der Einkaufsgesellschaft konnte sie ihr Jackett anbehalten. Es reichte aus, ihm durch ihre Designerfrisur, den Schnitt ihres Kostüms und die Uhr an ihrem Handgelenk zu signalisieren, dass sie in der internationalen Hackordnung über ihm stand, und gleichzeitig vor seiner Nase mit dem Bein zu wippen. Dadurch war er zu Genüge verwirrt.

Natürlich war man inzwischen auch bei Einkaufsgemeinschaften an Frauen in Führungspositionen gewöhnt. Mein Gott, man war ja schließlich nicht von gestern! Der Filialleiter hatte sich selbst darauf konditioniert, sie nicht als potenzielle Sexpartnerinnen, sondern als eine Art weiblicher Neutren zu betrachten. Aber zum einen standen die in der Regel nicht so weit in der Rangordnung über ihm. Zum andern vermittelten sie selbst ebenfalls bewusst den Eindruck, Neutren zu sein. Und zum dritten hatten sie nicht so verdammt hübsche Beine, die sie zum vierten auch noch so aufreizend ...

Der Filialleiter räusperte sich und konzentrierte sich wieder. „Entschuldigen Sie bitte, ich war einen Moment lang abgelenkt. Wo waren wir noch gleich?"

„Aber das macht doch nichts", entgegnete Luisa sanft. Das wollte sie doch auch hoffen! „Allem Anschein nach hat man ein sehr giftiges Insekt in diesem Container gesehen. Genau habe ich es nicht verstanden, mein Spanisch ist leider nicht perfekt."

Sie lächelte den Filialleiter Entschuldigung heischend an, und die Wirkung war verheerend; der Mann fraß ihr aus der Hand und glaubte jedes einzelne Wort, als läse sie aus der Bibel.

„Jedenfalls hat man den ganzen Container großzügig vollgenebelt mit einem Insektizid, das hierzulande schon längst verboten ist. In Kolumbien übrigens auch, aber offenbar wird es dort noch benutzt."

Sie seufzte herzergreifend.

„Und danach hat man ihn verschlossen. Mein Informant hat geglaubt, man würde ihn nach einer gewissen Zeit wieder öffnen und ausdünsten lassen, aber das ist nicht geschehen. Er war so besorgt, dass er seine Stellung riskiert und bei uns angerufen hat. Aber das habe ich Ihnen ja alles schon gestern am Telefon erzählt."

„Und wir haben selbstverständlich die Ware sofort zurückgerufen. Die Sicherheit unserer Kunden geht über alles, und wir sind Ihnen dankbar für Ihre Warnung."

„Eine großartige Einstellung! Man möchte wünschen, alle Lebensmittelhändler wären so vertrauenswürdig wie Sie."

Der Filialleiter lächelte geschmeichelt.

„Nun sind aber leider etliche Kartons offenbar schon verkauft worden. Ich frage mich, ob Sie wohl für mich herausfinden könnten, von welchen Händlern? Ich wäre Ihnen wirklich sehr verbunden. Um diese Angelegenheit möchte ich mich doch gerne persönlich kümmern. Und es wäre auch diskreter, als wenn Sie das tun."

Und sie lehnte sich vertrauensvoll so weit vor, dass der Ausschnitt ihrer Kostümjacke aufklaffte und dem Filialleiter einen tiefen Blick gestattete.

## Das Zeug muss weg

Auch im Minimarkt herrschte am Dienstagmorgen das kontrollierte Chaos. Frischware wurde jeden Tag angeliefert, aber alles andere stand regelmäßig dienstags vor der Ladentür. Der größte Teil der Belegschaft hatte Dienst und wurde dafür gebraucht, alles in die Regale zu räumen. In allen Gängen hockten Verkäuferinnen zwischen frischer Ware und leeren Kartons. Für die Kunden blieb kaum noch ein Einkaufswagen übrig, und aus dem Einkauf wurde ein Slalomlauf.

„Ich hab die ganze Nacht nicht geschlafen!", zischelte Daniel vor Dienstbeginn in Mahmuts Ohr. „Das Zeug muss weg, so schnell wie möglich!"

„Wo hast du es denn hingetan?"

„In den Reservereifen gelegt! Und das ist ja wohl das blödeste Versteck überhaupt. Aber sollte ich es etwa mit in die Wohnung nehmen?!"

„Wir reden nachher, wir überlegen uns was."

Ihr Fauxpas vom Vortag ging im allgemeinen Trubel unter. Der Chef hatte heute besseres zu tun, als sich an zu früh verkaufte Orangen zu erinnern. Während der Zigarettenpause erinnerten sich die Kolleginnen allerdings daran, die beiden nach ihren Feierabendaktivitäten zu fragen.

„Was hab ich gehört, ihr wart gestern in der Rockbar?", begann Marlies, die wohl etwas mitgehört hatte.

„Na ja - nicht lange", antwortete Daniel, und Mahmut fiel ein: „Wisst ihr, was mir da passiert ist?" Und er begann lang und breit von dem Rocker zu erzählen, der es doch wahrhaftig gewagt hatte, ihm, Mahmut, ein platte Nase anzudrohen. Zwar erntete er das angemessene Mitgefühl; allerdings hegten die Kolleginnen auch leise Zweifel, was den Wahrheitsgehalt seiner Geschichte anging. Mahmut war zwar als guter Muslim erzogen, aber den Punkt mit dem verbotenen Alkohol pflegte er geflissentlich zu ignorieren. Seit Mahmut zur Belegschaft gehörte, hielt der Chef auf Betriebsfeiern den Schnaps unter Verschluss, von dem er früher immer so freigiebig eingeschenkt hatte.

„Heute gehn wir ins Paradise", versuchte Daniel abzulenken. Das Manöver hatte uneingeschränkten Erfolg.

„Was wollt ihr denn da? Zwei so junge, hübsche Kerle wie ihr haben das doch wohl nicht nötig!", rief Anna.

„Dann passt bloß auf, dass ihr euch keine Perversionen einfangt", sagte Inge, und als alle sie verwundert anschauten, fügte sie hinzu: „Habt ihr das nicht mitgekriegt, mit dieser Frau, die extra eine Bürgerinitiative gegründet hat? Sie meint, in Bordellen werden Männer zu Perversitäten verführt, und zuhause verlangen sie das dann auch von ihren Frauen. Mit der Theorie war sie sogar mal im Fernsehn in einer Talkshow."

„Und was hat sie sonst noch gesagt?"

„Sonst eigentlich nichts. Nur das, aber das immer wieder."

„Also ich bring meinem Mann alle Perversitäten selber bei, die er können muss", krähte Anna fröhlich. Wer einmal ihre zweideutigen Showeinlagen auf Betriebsfeiern miterlebt hatte, mochte ihr das wohl glauben.

Und währenddessen waren Siegfried und Roy unterwegs in die kleine Stadt.


## Siegfried und Roy

Ronny und Günther, genannt Siegfried und Roy, waren ein Duo, das man sich für alle möglichen Gelegenheiten mieten konnte. Ihr Angebot reichte von fingiertem Einbruch mit anschließendem Versicherungsbetrug über Hehlerei und Erpressung – manchmal im Anschluss an den fingierten Einbruch – bis hin zu körperlicher Gewaltanwendung. Nur Auftragsmorde gehörten nicht zu ihrem Portfolio.

Meistens wurden sie von Kredithaien engagiert, um säumige Schuldner an ihre Verpflichtungen zu erinnern.

Ronny war eher zierlich gebaut und besaß einen sorgsam gepflegten dunklen Lockenschopf. Er galt als der Kopf des Duos. Dass seine Augen nicht eiskalt wirkten, lag lediglich daran, dass sie braun waren; braune Augen tun sich einfach schwer damit, eiskalt zu wirken. Sie strahlen auch dann noch eine gewisse Wärme aus, wenn ihr Besitzer keine empfindet.

Günther war ein blonder Hüne, der seine Muskeln so liebevoll pflegte wie Ronny sein Haar. Gefühle empfand er nur für seine Mama und für Ronny.

Dass man die beiden in der Szene als Siegfried und Roy kannte, lag nicht nur an ihrem äußeren Erscheinungsbild. Vor allem lag es daran, dass die beiden ein Paar waren, seit man denken konnte.

Gegen Mittag betraten sie den Minimalmarkt, absolvierten den Slalomlauf zwischen Verkäuferinnen, vollbeladenen Einkaufswagen und Haufen leerer Kartons und fragten nach dem Chef. Hildegart zeigte ihnen den Weg zu der Schiebetür, die direkt auf die Laderampe zum

Keller führte. Eine hölzerne Barriere trennte die zwei Quadratmeter ab, hinter denen der Chef sich selbst, einen Schreibtischstuhl, zwei Computer und eine Regalwand von einem Meter Breite untergebracht hatte.

Vor der Barriere, die in ihrem früheren Leben anderthalb Meter Bar in einer rustikalen Kneipe gewesen sein mochte, stand ein schmächtiger, nervöser kleiner Mann. Hätte er einen Hut besessen, dann hätte er ihn in den Händen gedreht, aber offensichtlich überstieg eine solche Extravaganz seine Einnahmen bei weitem. Siegfried und Roy sahen einander unsicher an; sie würden warten müssen, hier war kaum Platz genug, um sich umzudrehen.

Eine kräftige Frau stapelte in der Ecke Bierkisten. Neben ihr unterhielten sich zwei geschmackvoll gekleidete ältere Damen, deren sanfte Stimmen und freundlicher Gesichtsausdruck für ihre gute Kinderstube sprachen.

Der Mann vor der Wursttheke hingegen schien seit Jahrzehnten von der Fremdenlegion zu träumen, aber niemals die nötigen Reisekosten zusammengebracht zu haben. Mit lauter Stimme gab er der Blonden hinter der Theke seine Ansichten zu irgend einem belanglosen Thema kund.

„Also gut, dreißig Euro Kredit bis zum nächsten Ersten", sagte der Chef. „Ich weiß ja, dass Sie es immer pünktlich zurückzahlen."

Der Mann ohne Hut verließ erleichtert strahlend die Miniaturausgabe eines Büros, und Ronny und Günther konnten sich hineinschieben.


Der Rausschmiss


„Sie haben etwas, was Ihnen nicht gehört", sagte Ronny. „Unser Auftraggeber will es zurückhaben."

„Wie bitte?", fragte der Chef des Minimarkts konsterniert. Er war an allerlei Kunden gewöhnt, aber nicht an solche wie Siegfried und Roy.

Ronny wiederholte seinen Spruch: „Sie haben etwas, was Ihnen nicht gehört, und unser Auftraggeber will es zurückhaben! Ansonsten kriegen Sie hier gehörigen Ärger."

„Kommen Sie doch bitte einmal mit", sagte der Geschäftsinhaber und verließ seine kleine Rolfe. Siegfried und Roy folgten ihm. Sie waren selbst gespannt darauf, was er jetzt bei ihnen abliefern würde; das hatte ihnen die Agentur Friedhelms nicht verraten.

„So", sagte der Chef, als sie vor der Bürotür zwischen Wasser, Bier und Säften standen, „und jetzt verlassen Sie bitte meinen Laden und lassen sich nicht mehr blicken. Sie haben hier Hausverbot."

Mit diesen Worten drehte er sich um, verschwand wieder in seinem Miniaturbüro und zog die Schiebetür hinter sich zu.

Siegfried und Roy blickten einander verblüfft an; mit einer solchen Reaktion hatten sie nicht gerechnet. Normalerweise wussten ihre Kunden sehr genau, wem sie was schuldig waren, und reagierten dementsprechend.

Die kräftige Frau, die eben noch Bierkisten gestemmt hatte, reagierte schneller. Sie schob sich vor die geschlossene Tür und stand dort wie ein Bollwerk. Es war völlig unmöglich, sie zur Seite zu schieben oder sich auch nur an ihr vorbeizuschlängeln. Ein Berg hätte nicht fester dort stehen können. Sie war so groß, dass sie auf Ronny hinabsehen konnte, und ihre Augen blitzten höchst entschlossen unter dem dunklen Schopf. „Habt ihr nicht gehört, was der Chef gesagt hat?"

Wenn eine Frau ihre Schuhe beim Fachversand für Transvestitenbedarf bestellen muss, dann hat die Natur sie nicht als Elfe vorgesehen. Nein, an Vorbeikommen war hier nicht zu denken.

Von der Milchtheke kam Marina herbeigeeilt. Marina war zwar ausgebildete Spielwarenfachverkäuferin, aber sie hatte auch lange Jahre ihres Lebens im Krankenhaus gearbeitet. In der Männerstation hatte sie Katheder, Klistiere und Thrombosespritzen verabreicht und nächtliche Herumtreiber in ihre Betten zurückbefördert, und nicht immer waren die Empfänger ihrer Fürsorge darüber glücklich gewesen. Deshalb hatte sie sich einen Tonfall angewöhnt, der keinen Widerspruch duldete. Mit dieser geschulten und gestählten Stimme hatte sie einmal einen Überfall kurzerhand beendet, und jetzt wendete sie ihn bei Siegfried und Roy an.

„So, meine Herren. Sie haben gehört, was der Chef gesagt hat. Ich darf Sie dann mal rausbegleiten."

Sie legte den beiden die Hände auf die Schultern und schob sie sachte vor sich her. Und ehe Siegfried und Roy es sich versahen, standen sie wieder vor der Ladentür.

Verwundert blickten sie einander an. Was war denn das gewesen?

„Komm, lass gut sein", meinte Ronny. „Der Laden war ohnehin zu voll. Viel zu viele Zeugen. Wir versuchen es später noch mal."

Ein Gerücht kommt auf

„Was sollte denn das jetzt?", fragte Hildegart, nachdem Marina die beiden Männer hinausgeschoben und die Ladentüre hinter ihnen geschlossen hatte. Neugierig sah Inge von der Kasse herüber.

„Der Chef hat ihnen Hausverbot gegeben", antwortete Marina, „aber frag mich nicht, warum."

Der verhinderte Fremdenlegionär stand noch immer vor der Wursttheke und verbreitete lautstark seine Ansicht über Leute, die aus Einkaufsläden hinausgeworfen wurden. Manuela, heute mit grünem Schmuck, versuchte ihn mit ihrem freundlichen Lächeln zu beruhigen. Bei den meisten Kunden gelang ihr das sehr gut – es gab etliche, die nur ihretwegen kamen –, aber bei diesem speziellen war selbst Manuela machtlos.

Unauffällig trieb sich ein Großteil der Belegschaft in der Nähe des Büros herum. Nur Inge musste hinter ihrer Kasse sitzen bleiben; aber sie konnte sicher sein, dass die anderen sie informieren würden, sobald sie etwas herausgefunden hatten.

Sie brauchten nicht lange zu warten, bis der Chef wieder zum Vorschein kam.

„Und, sind sie weg?", fragte er.

„Ich hab sie rausbegleitet", antwortete Marina. „Was wollten die denn?"

„Du, wenn ich das wüsste. Ich hätte was, was mir nicht gehört. Ich hab mein Leben lang noch nie was genommen, was mir nicht gehört."

Das glaubten ihm die Frauen unbesehen; aber trotzdem, irgend etwas mussten die Männer ja gewollt haben.

„Hast du vielleicht bei den falschen Leuten Schulden gemacht?"

„Alle Schulden, die ich habe, hab ich bei der Sparkasse nebenan. Mit dem Filialleiter verstehe ich mich prima, und wenn einer von denen Geburtstag hat, bestellt er bei uns seine belegten Brötchen."

„Spielschulden?"

„Seh ich so aus?"

„Ja, dann weiß ich es jetzt auch nicht."

Später würde sich keiner erinnern können, wie das Gerücht aufgekommen war. Aber bevor der Tag zu Ende ging, war die Belegschaft des Minimarktes zu der Überzeugung gekommen, dass ihr Chef von Schutzgelderpressern bedroht würde. Es war die einzige Erklärung, die ihnen für den Auftritt von Siegfried und Roy eingefallen war. Unwahrscheinlich war das schon, zugegeben; aber möglich war es doch immerhin. Und, wie Inge sagte, wenn man alles Unmögliche ausgeschlossen hatte, musste es das sein, was übrig blieb.

Die Praktikantin

Der Personalchef hatte die Neue bereits telefonisch angekündigt, und jetzt stand sie also vor seinem kleinen Büro und lehnte sich mit den Ellenbogen auf die Barriere. Warum mussten nur immer all diese Sozialfälle bei ihm landen?

„Wie alt sind Sie eigentlich?", fragte der Chef des Minimarktes.

„Neunzehn."

Gut, das erklärte schonmal die Figur. Für eine Siebzehnjährige wäre sie doch etwas zu üppig gewesen.

„Mit neunzehn noch im zwölften Schuljahr?"

„Einmal wiederholt, einmal hängengeblieben." Sie sah ihn trotzig an und schob den Kaugummi in die andere Backe.

„Und wie kommt es, dass Sie in einem zweiwöchigen Praktikum den Praktikumsplatz wechseln wollen? Das ist eher unüblich, wissen Sie."

„Der Personalchef wollte mir an die Wäsche, da hab ich ihm eine gescheuert."

Der Inhaber des Minimarktes musste sich ein Grinsen verkneifen. Er kannte den Personalchef in stark angeheitertem Zustand und konnte sich die Szene lebhaft vorstellen.

„Und Sie haben ihn nicht vielleicht ein winziges bisschen provoziert, nein?"

„Ach, jetzt soll wieder mal das Opfer schuld sein! Das ist eine ganz linke Nummer, sowas."

„Nein, Janina, entschuldigen Sie, da haben Sie völlig recht. Sowas darf nicht passieren, egal, wie kurz Ihr Röckchen ist."

Und das Röckchen war wirklich sehr kurz. Allzu tief bücken würde sie sich damit nicht können.

„In der Filiale haben Sie wahrscheinlich Büroarbeit gemacht. Hier werden Sie richtig anpacken müssen. Geht das in Ordnung?"

„Passt schon." Und der Kaugummi wechselte wieder die Backe.

„Okay. Dann gehen Sie am besten gleich mal ins Lager rüber zu den Lehrlingen. Die sollen Ihnen alles zeigen. Wir sprechen später noch mal, wenn ich diesen Berg hier abgearbeitet habe."

„Geht klar."

Der Chef zeigte ihr den Weg und sah ihr lächelnd nach. Mahmut würde Augen machen! Das Mädchen war eine Augenweide. Für seinen Geschmack hätte ein Bruchteil des Make-Ups auch gereicht, aber vielleicht sah Mahmut das anders.

Vor dem Vorhang aus Plastikstreifen, der den Laden vom Lager trennte, blieb Janina stehen und lauschte. Sie war immer gerne informiert, bevor sie in neue Situationen eintrat.

„Ich will den Stoff nicht mehr in meinem Reservereifen mit mir rumfahren", hörte sie sagen, und dann eine andere Stimme: „Nun reg dich wieder ab. Wir finden schon was. Notfalls vergraben wir ihn irgendwo im Wald."

Interessant, dachte Janina und schob den Vorhang beiseite. Zwei junge Männer sahen sie an. Der eine wirkte so ehrbar, dass es ehrbarer gar nicht ging, und der andere interessierte sich derzeit ausschließlich für ihre Oberweite.

Wahrscheinlich haben die zwei ein paar Hanfpflanzen gezogen, dachte Janina. Mehr als das wäre ihnen beim besten Willen nicht zuzutrauen. Und es würde sie auch nicht wundern, wenn sie die männlichen Pflanzen abgeerntet und die Blütenstände fortgeworfen hätten.

Sie seufzte. Enttäuschend, alles in allem. „Ich bin die Neue", sagte sie.


Don Luciano ist misstrauisch

„Das läuft mir alles viel zu glatt, Silvio", sagte Don Luciano gegen Abend verdrießlich. „Wie oft kommt es schon vor, dass ein Container an die falsche Adresse geliefert wird?"

„Seltener als bei Fluggepäck", antwortete Silvio Francini vorsichtig. „Aber es kommt vor."

„Trotzdem, da stimmt etwas nicht. Das hab ich im Urin. Und auf den hab ich mich schon immer verlassen können. Irgendwelche Scheißkerle stecken dahinter und wollen mir was am Zeug flicken! Aber nicht mit mir, Silvio, mit mir nicht."

„Selbstverständlich, Padrone."

„Was hören wir denn von diesen Deutschen, den Freunden meines missratenen Schwiegersohns?"

„Den allergrößten Teil haben sie bereits sichergestellt, Padrone. Sie warten auf unsere Anweisungen, was sie damit machen sollen."

„Den allergrößten Teil, eh?"

„Nun ja, Padrone, wie es aussieht, war ein Teil der Orangen wohl schon verkauft ..."

„Scheiß auf die Orangen! Silvio, Sie wissen genau, dass es mir nicht um diese gottverdammten Orangen geht. Was ist mit dem Koks?"

„Sie haben ja von uns keine genauen Zahlen bekommen, deshalb können sie das nicht nachprüfen."

„Und verdammt will ich sein, wenn ich irgendwelchen dahergelaufenen Freunden Umbertos unsere Zahlen gebe!"

„Aber Padrone, wenn sie nicht wissen, wieviel es sein muss, dann können sie ja auch nicht feststellen, was fehlt."

Der Padrone war wie immer uneinsichtig. Manchmal hatte Silvio Glück, seine Argumente taten über Nacht ihre Arbeit und Don Luciano hatte sich bis zum Morgen umentschieden; nicht ohne zugleich vollständig vergessen zu haben, dass Silvio ihm am Vortag genau das geraten hatte.

„Na, dann sollen sie einfach so feststellen, wo was abgeblieben ist."

„Das tun sie schon. Sie haben Leute zu dem Laden hingeschickt, der so viele Orangen verkauft hat."

„Und?"

„Bis jetzt haben sie noch kein Ergebnis gemeldet, Padrone."

Don Luciano gab seinen üblichen Seufzer von sich über die unfähigen Mitarbeiter, mit denen sich ein armer Pate heutzutage herumschlagen muss. Dann begann er wieder von vorne: „Silvio, ich will, dass Sie unsere Leute in Kolumbien überprüfen. So ein Container wird nicht einfach mal so falsch geliefert. Ich weiß das. Die Gauner da drüben wollen mich bescheißen."

„Nun ja, Padrone, ich wüsste wirklich nicht, was ich da tun sollte."

„Schicken Sie jemanden hin! Ziehen Sie den Ganoven die Hammelbeine lang! Lassen Sie sich was einfallen!

Und wenn Sie im Notfall selbst hinfliegen. Da stimmt was nicht, glauben Sie einem alten Paten. Irgend etwas ist da faul, und ich will verdammt noch mal wissen, was es ist und wer dahintersteckt!"

„Vielleicht hätte Rudolfo Lust?"

„Nach Kolumbien zu fliegen? Das glaub ich eigentlich nicht. Aber er würde es tun. Und das ist inzwischen fast der einzige in diesem ganzen beschissenen Laden, auf den ich mich hundertprozentig verlassen kann!"

„Dann soll ich ihn also nach Kolumbien fliegen lassen?"

„Tun Sie das, Silvio, tun Sie das. Ach, ich glaube, diese ganze Sache ist gar nicht gut für mein Magengeschwür."


Siegfried und Roy auf der Klappe

„Es ist wirklich unglaublich", sagte Ronny zu dem jungen Mann, den er angesprochen hatte, „wieviele Einwohner hat dieses Nest? Hunderttausend?"

„Wenn man alle Studenten mitzählt", sagte der Mann.

„Und keine einzige Schwulenkneipe?"

„Naja, es gibt häufig Schwulenpartys und so."

„Das ist nicht zu fassen! Da fragt man einen Taxifahrer nach einer Schwulenkneipe, und das einzige, was ihm einfällt, ist das Klo bei der Kirche!"

„Du, das ist ein literarisch wertvolles Klo. Der beste Dichter der Stadt ist hier entjungfert worden."

Ronny befürchtete schon, dass der junge Mann sich selbst für den besten Dichter der Stadt hielte, aber er fragte trotzdem: „Woher weißt du das denn?"

„Er hat es in seiner Autobiografie geschrieben. ‚Es ist spät, ich kann nicht atmen'. Danach war er eine

Zeitlang richtig bekannt, in Talkshows und so. Aber seine Gedichte – die sind viel besser! Zum Niederknien schön."

Das Gespräch begann Ronny zu langweilen. Er war ja schließlich nicht zum Reden hier. „Ich bin auch zum Niederknien", sagte er.

Der junge Mann lachte und kniete nieder. Ronny sah sich ein letztes Mal aufmerksam in alle Richtungen um, dann lehnte er sich zurück und schloss die Augen.

Günther war sofort angesprochen worden von einem eher nichtssagenden Mann mit einer Vorliebe für kräftige Körper. Der erzählte ihm voller Begeisterung von der Rockbar und den schönen Männern, die man dort treffen könne. Nachdem er einige Szenen geschildert hatte, die dort vorgefallen waren, fügte er etwas hinzu, was Günthers Interesse weckte: „Und gestern hat mich doch tatsächlich einer gefragt, was ich machen würde, wenn ich 50 Kilo Koks fände!"

„Ach, ist ja witzig. Wo will er die denn finden?"

„Er meinte, vielleicht hätte sein Hund sie im Wald ausgebuddelt. Er hätte aber gar keinen Hund."

Günther war in dem Duo Siegfried und Roy zwar mit der Rolle der Muskeln betraut, aber ein Instinkt sagte ihm, dass hier möglicherweise ein Zusammenhang mit seinem aktuellen Fall bestand. „Ein eher kleiner Typ um die fünfzig, mit dunklem Haar?", fragte er.

„Nein, nein, blond und zwanzig Jahre jünger."

Gut, dann handelte es sich eher doch nicht um den Chef des Minimarktes. Interessant war die Sache trotzdem.

„Und wie sah er sonst so aus?"

„Er wirkte wie jemand, der einen ruhigen Bürojob hat und nicht viel zu tun."

„Würde mich wirklich mal interessieren, diese Geschichte mit dem Koks. Vielleicht hat er wirklich welches gefunden?"

„Ach Quatsch, wo soll so einer schon Koks gefunden haben?"

„Man hat schon Pferde vor der Apotheke kotzen sehen", meinte Günther nachdenklich. Er würde mit Ronny über die Geschichte reden müssen.

Dann widmete er sich mit vollem Körpereinsatz seinem Partner.


Zwei Lehrlinge im Paradise

Mitten im Einkaufszentrum, wo es des Nachts still und ruhig ist, lag das neue Eroticcenter, das vier altehrwürdige Clubs und Bordelle das Leben gekostet hatte.

Zu Daniels größter Überraschung hingen im Eingangsbereich Spielautomaten; damit hatte er nun wirklich nicht gerechnet. Sollten die Gäste ihr Geld nicht eher drinnen ausgeben?

„Schau mal hier!", rief Mahmut, „Hier hat einer sein Geld stehen lassen!" Tatsächlich zeigte einer der Automaten ein Guthaben von 4,80 Euro.

Mahmut hatte eben begonnen, den Apparat in Gang zu setzen, als der Rausschmeißer des Clubs neben ihm auftauchte. Er war kaum größer als die beiden Lehrlinge, aber doppelt so breit. „Spielt hier etwa einer mit meinem Geld?", fragte er drohend. „Kann man hier nicht mal aufs Klo gehen, ohne dass sich einer an meinem Automaten vergreift?"

Die beiden Lehrlinge hatten wirklich keinen guten Start erwischt. Sie konnten von Glück sagen, dass sie nicht sofort wieder aus dem Club hinausflogen. Ängstlich und eingeschüchtert machten sie sich davon und flüchteten sich an die Bar.

Die Barfrau trug kaum mehr als Unterwäsche, aber sie war wohl etwas älter als die anderen Damen des Etablissements und machte hinter ihrer Bar einen sehr kompetenten Eindruck. Vor allem war sie nicht so wortkarg, wie es ihr Kollege letzte Nacht in der Rockbar gewesen war.

Daniel versuchte es noch einmal mit der selben Frage.

„Und wie könnte jemand so etwas finden?", fragte sie lächelnd.

„Könnte doch sein", sagte Daniel trotzig.

Die Frau sah ihn forschend an. „Na, dann könnte es vielleicht auch sein, dass hier alle möglichen Leute reinkommen", erwiderte sie.

„Und an der Bar hört man alles mögliche, ob man will oder nicht?"

„Genau so ist es."

Mahmut bekam von diesem Gespräch nichts mit. Er beobachtete hingerissen eine blonde Ukrainerin, die sich artistisch um die Stange schlängelte. Einen sensibleren Beobachter hätte vielleicht ihr konzentrierter Gesichtsausdruck gestört; fast wirkte es, als wolle sie die Zungenspitze zwischen die Zähne klemmen, was für die Zungenspitze allerdings eine Gefährdung bedeutet hätte. Aber Mahmut schaute nicht auf ihr Gesicht.

Dafür hatte der Gast neben Daniel umso besser zugehört und mischte sich jetzt in das Gespräch ein.

„Da gäbe es doch sicher etliche Leute, die sich für so etwas interessieren würden. Ich meine, wenn ein ernsthaftes Angebot vorliegt? Dann finden sich doch sicherlich auch ernsthafte Abnehmer."

Daniel wurde es mulmig. Jetzt hätte er Mahmuts Hilfe und seine vorlaute Zunge ausnahmsweise einmal gut gebrauchen können. Er hatte nicht mit so viel Interesse gerechnet – eigentlich mit gar keinem. Sie hatten sich nie darüber unterhalten, was sie in einem solchen Fall sagen oder tun würden.

Das einzige, was ihm jetzt noch übrigblieb, war, sich Mahmut zu schnappen, ihn vom Anblick der blonden Ukrainerin wegzureißen und sich zu verabschieden.

„Man sieht sich!", sagte er noch.

„Ja, das hoffe ich doch", sagte der Gast.

„Bis bald!" Und damit trotteten Daniel und Mahmut hinaus in die Nacht und kamen sich wieder einmal beide ziemlich dämlich vor.


Nächtlicher Anruf

Der Anrufer nannte seinen Namen nicht; aber das ist bei derartigen Telefonaten auch nicht üblich. Schließlich weiß man nie, wer mithört.

„Also, wo stehen wir?", fragte er.

„Wir wissen nicht, wie viel genau fehlt", antwortete Friedhelm. „Der Don weigert sich, die Zahlen herauszugeben."

„Ich werde tun, was ich kann. Die Zahlen des Don sind ohnehin falsch. Ich werde mich umgehend mit Kolumbien in Verbindung setzen und dir das Ergebnis zukommen lassen."

„Ist in Ordnung. Ich erwarte dann deine Nachricht."

„Dir ist aber schon klar, dass die Situation außerordentlich ernst ist?"

„Ja, ich weiß. Das brauchst du mir nicht zu sagen."

„Das Zeug darf auf gar keinen Fall in den Handel kommen! Das wäre eine Katastrophe und würde unseren ganzen Plan in Frage stellen."

„Verlass dich ganz auf mich."

„Wie sollte ich? Was hast du denn bisher unternommen?"

„Ich habe zwei Idioten auf die Sache angesetzt. Die sollen erst einmal Panik verbreiten und dafür sorgen, dass derjenige die Füße stillhält."

„Nun, dann will ich mal hoffen, dass das funktioniert."

„Wird schon, wird schon."

„Und was ist mit deiner Assistentin?"

„Die weiß von nichts. Die weiß nur, dass sie den Auftrag hat, alles einzusammeln."

„Meinst du, die schafft das?"

„Doch, die ist gut. Den allergrößten Teil hat sie ja schon. Den Rest schafft sie auch noch herbei. Und was danach passiert, damit hat sie dann nichts mehr zu tun. Das übernehme ich dann selbst."

„Unser ganzer Plan hängt davon ab, dass alles unter uns bleibt!"

„Ja, keine Frage. Wir kriegen das hin."

„Und vor allem darf nichts davon irgendwo auftauchen, kein einziges Gramm."

„Verlass dich ganz auf mich."

Der Anrufer legte auf. Friedhelm beschloss, Siegfried und Roy anzurufen und ihnen ein wenig Dampf zu machen. Sie hatten wirklich noch nicht viel getan für ihr Geld. Auch wenn die beiden glaubten, der Ladenbesitzer wisse von nichts. Das war noch lange kein Grund, ihn nicht noch ein bisschen weiter einzuschüchtern.

# Mittwoch

Sie fand ihren neuen Praktikumsplatz sehr lustig. Ein kleiner Laden, der von Schutzgelderpressern bedroht wurde – wo gab es sowas sonst noch? Da würde sie in der Schule was zu erzählen haben.

Und dann die beiden Lehrlinge. Da wartete auch noch eine interessante Geschichte, sie musste sie nur noch aus den beiden herauskitzeln. Einen von den Burschen würde sie sich greifen. Die hatten ihr beide nichts entgegenzusetzen. Egal, welcher. Der eine war zu ehrlich und der andere zu hingerissen, es kam eigentlich nicht darauf an. Janina beschloss, den Zufall entscheiden zu lassen, und der Zufall fügte es, dass sie die Frühstückspause am Mittwoch allein mit Daniel verbrachte.

„Und, habt ihr euren Stoff schon im Wald vergraben?", fragte sie völlig unvermittelt, und Daniel hätte sich fast an seinem Frühstücksbrötchen verschluckt.

„Wie kommst du denn auf sowas?", fragte er, als er wieder Luft bekam.

„Ich hab vielleicht zwei Ohren?"

„Und nun? Was willst du jetzt tun?"

„Was soll ich schon tun? Verpfeifen tu ich jedenfalls keinen, falls du das meinst."

Daniel glaubte ihr das sofort, worüber er selbst ein wenig verblüfft war.

„Um was genau geht es eigentlich?"

„Du, wenn ich dir das sage – das glaubst du mir ohnehin nicht."

„Habt ihr ein paar Hanfpflanzen gezogen?"

Daniel musste lachen. „Ach, wenn es nur das wäre! Aber ich kann dir da wirklich nichts zu sagen, das musst du verstehen. Da müsste ich erst mal mit Mahmut reden."

„Na ja, dann tu das."

Sie kauten eine Weile beide schweigend, dann fing Janina wieder an: „Hör mal, was ist das für eine Geschichte mit der Schutzgelderpressung?"

„Ja, das ist seltsam, oder? Hab ich auch gehört. Jemand soll unsern Chef bedroht haben."

„Kommt wohl nicht so häufig vor."

„Bis jetzt eigentlich noch nie. Ich dachte, das gibts nur im Krimi."

„Kannste mal sehn."

Wieder kauten sie in friedevoller Einträchtigkeit vor sich hin.

Endlich kam auch Mahmut in den Frühstücksraum. Janina hatte schon sehnsüchtig auf ihn gewartet.

„Und was ist jetzt mit dem Stoff", fragte sie, „ist der noch im Reservereifen?"

„Janina, ich bitte dich", sagte Daniel gequält, „lass es doch gut sein. Es ist wirklich besser, wenn du nichts davon weißt. Wir gehen für Jahrzehnte in den Knast, wenn das rauskommt."

„Also keine geringfügige Menge."

„Ganz sicher nicht, nein."

„Und für weiche Drogen kriegt man auch keine Jahrzehnte."

„Janina, bitte!"

„Ich sag doch nur, wie's ist. Aber wenn du mir nichts verraten willst ..."

Daniel beugte sich zu ihr hinüber und flüsterte in ihr Ohr: „Kokain".

„Oh! Wo habt ihr denn sowas her?"

„Wenn ich dir das erzähle, das glaubst du mir nicht."

„Habt ihr's getestet?"

„Ich weiß doch noch nicht mal, wie sowas schmecken muss!"

„Wieso schmecken?"

„Das sieht man doch in Krimis immer, dass die das Zeug probieren."

„Du hast wirklich keine Ahnung von gar nichts, oder? Die testen nicht den Geschmack. Bei Koks hast du sowas wie 'ne Betäubung auf der Zunge. Hör mal, ich glaube, ich muss hier mal die Sache in die Hand nehmen. Mit euch beiden alleine wird das nichts."

„Wahrscheinlich hast du recht", gab Daniel wehmütig zu und erzählte ihr von ihren unglücklichen Ausflügen in die Rockbar und ins Paradise. „Lach nicht", sagte er noch dazu, aber vergebens; Janina amüsierte sich königlich.

„Und was habt ihr euch gedacht, wie die Leute euch finden sollen, wenn sie anbeißen?", fragte sie. „Ich hätte mir doch zumindest vorher mal ein Prepaid-Handy gekauft und Karten mit der Nummer drucken lassen. Wie nennt ihr denn eure Aktion?"

„Gold in Tüten", sagte Mahmut.

„Prima. Also eine Telefonnummer und statt des Namens ‚Gold in Tüten'. Die Karten könnt ihr dann verteilen. Sonst ist die ganze Rumsucherei doch wirklich fürn Arsch."

Die beiden Lehrlinge mussten zugeben, dass das schonmal keine schlechte Idee war.

„Und was ist mit dem Typ im Paradise, hat der das ernst gemeint?"

„Könnte ich mir schon vorstellen", meinte Daniel.

„Dann müsst ihr da unbedingt nochmal hin. Dürfen da auch Frauen rein?"


## Mann mit Hund

Ein schwarzer 3er BMW mit Frankfurter Kennzeichen fällt in Frankfurt kaum auf. Umso mehr allerdings in einem kleinen Dorf. Und noch mehr, wenn er vor einem ehemaligen Bauernhaus parkt und Siegfried und Roy darinsitzen. Es gelang den beiden einfach nicht, unauffällig auszusehen.

Infolge dessen, und weil ein Dorf ein Dorf ist, hatte der Besitzer des Minimarktes in den letzten zwanzig Minuten bereits drei Anrufe erhalten. Nachbarn hatten ihn gefragt, ob er Besuch aus Frankfurt habe oder wer denn da im Auto vor seiner Haustür sitze. Hätte es nicht der Brauch erfordert, vor einer solchen Frage erst das Wetter und die Gesundheit abzuhandeln, es hätten wohl leicht noch ein paar Anrufe mehr sein können.

Rolf beschloss, sich die Sache anzusehen. Es war ohnehin Zeit für den nachmittäglichen Hundespaziergang. Wenn er noch länger wartete, dann landete am Ende noch ein besorgter Anrufer bei seiner Mutter; und die wäre vor lauter Besorgnis im Stande gewesen, ihn zu fesseln, zu knebeln und an seinem Bett festzubinden.

Siegfried und Roy langweilten sich. Sie hatten im Minimarkt angerufen und gehört, dass der Chef heute daheim sei. Sie hatten per Internet und Telefonbuch seine Adresse herausgefunden, und nun saßen sie hier und warteten. Dabei unterhielten sie sich über die Geschichte, die Günther am Abend gehört hatte.

„Wir sollten uns das einmal ansehen", meinte er. „Ein junger Büromensch, der Koks verkaufen will, der fällt doch hier bestimmt auf wie ein bunter Hund. Das können wir doch leicht nebenbei abgreifen."

Ronny stimmte ihm zu. Mochte sein, dass an der Geschichte nichts dran war, aber überprüfen sollten sie das auf alle Fälle. Im Moment aber war es am wichtigsten, dem Chef des Minimarktes einen gehörigen Schrecken einzujagen; Friedhelm war da am Telefon sehr deutlich geworden und hatte darauf bestanden, dass sie heute noch etwas unternahmen.

Da öffnete sich die Haustür und ihr Zielobjekt trat heraus. Der Mann pfiff und kam über den Hof auf sie zu. Aus dem Gartentor trottete ein riesiger Bernhardiner und lief bei Fuß neben ihm her.

Es war ein Hund, dem man zutraute, ein volles Kognakfass um den Hals zu tragen und nebenbei noch mit den Zähnen einen ausgewachsenen Verunglückten aus einer Gletscherspalte zu ziehen. Ein Hund, der aussah, als ließe er kleine Kinder auf sich reiten und hätte auch keine Einwände, wenn sie ihn am Schwanz zögen oder seine Ohren verdrehten. Es war allerdings auch ein Hund, der aussah, als könne er höchst unangenehm werden, wenn er das Gefühl hatte, sein Herrchen werde bedroht. Und sollte er sich gar dazu hinreißen lassen, zu knurren, dann würde keiner mehr einen Finger rühren, der auch nur einen Funken Verstand hatte.

„Ähm", sagte Günther.

„Ich glaube, du hast recht", meinte Ronny. „Weißt du was? Wir fahren zurück zu diesem Laden und knöpfen uns die Verkäuferinnen vor. Das macht bestimmt mehr Eindruck, als wenn wir jetzt den Chef weichklopfen. Ich glaube, das ist so der Typ, an den man über andere Leute am besten drankommt."

„Gute Idee", sagte Günther.

Janina macht Vorschläge

„Also ihr habt euch überlegt, wo ihr Käufer findet. Und dann seid ihr da hingegangen, wo sie sich eurer Meinung nach aufhalten", hatte Janina gesagt.

Die beiden Lehrlinge hatten genickt.

„Das kann man aber doch auch direkter machen. Warum seid ihr nicht gleich zu einem Dealer gegangen?"

„Kennst du vielleicht jemanden, der kiloweise Koks verkauft?"

„Nein, natürlich nicht. Aber natürlich kenne ich Dealer. An jeder Schule gibt es welche."

„Die helfen uns aber nicht weiter. Wir brauchen nicht die Schulhofhändler, wir brauchen die Großen!"

„Jungs, überlegt doch mal. Jeder Schulhofdealer muss seine Ware irgendwo einkaufen. Und der, von dem er sie kriegt, muss sie wieder irgendwo einkaufen. Man fängt einfach irgendwo unten an und arbeitet sich immer weiter hoch, bis man an der richtigen Adresse ist."

„Dann sind wir aber immer noch bei Haschisch und noch keinen Schritt näher am Koks."

„Ach, die kennen sich doch gegenseitig! Euer Chef kennt auch nicht nur Lebensmittelhändler, sondern auch andere."

Das mochte natürlich so sein. Und wenn es von den Arbeitskreisen und Wirtschaftsverbänden war, in denen er sich zähneknirschend engagierte. Aber dass es so etwas auch für Dealer gab, das bezweifelten sie denn doch.

„Ihr müsst das doch in der Berufschule gelernt haben, wie eine Ware an ihren Käufer kommt! Oder nicht? Das muss man systematisch aufziehen."

„Das haben wir getan. Mehr oder weniger. Wir haben uns gefragt, wer unsere Zielgruppe ist und wo die sich befindet."

„Nur wie ihr die ansprecht, das habt ihr euch nicht gefragt. Warum steht ihr irgendwo rum mit eurem Angebot und hofft, dass vielleicht der richtige Käufer vorbeikommt und sich von selber meldet? Das kann Jahre dauern. Und wenn ihr euch nicht mal traut, den Mund aufzumachen, wenn einer Interesse zeigt, dann noch länger."

„Aber dieser eine, der da Interesse gezeigt hat, den würde ich schon gerne nochmal treffen."

„Ja, ist gut. Aber nicht tagsüber. Aber jetzt versuchen wir es erstmal mit meiner Methode."

Und so kam es, dass die drei nun nach mehreren Besuchen bei diversen Schulkameraden Janinas tatsächlich an der Tür von jemandem klingelten, der angeblich Haschisch und Ecstasy verkaufen sollte und möglicherweise, aber nur vielleicht, jemanden kannte, der eventuell jemanden kannte.

Der junge Mann, der ihnen öffnete, wirkte auf den ersten Blick ganz normal.

„Mein Kumpel hat gesagt, ihr wärt in Ordnung", sagte er zur Begrüßung und sah die drei skeptisch an.

„Klar doch", meinte Janina frohgemut und trat ein.

Auch die Wohnung war nicht bemerkenswert. Vielleicht ein wenig altmodisch-plüschig, aber auf keinen Fall eine versiffte Drogenhöhle. Nur dass nicht nur unter, sondern auch auf dem Wohnzimmertisch ein Teppich lag, das fand Daniel etwas seltsam.

„Ihr müsst die Akkus aus euren Handys rausnehmen", verlangte der junge Mann als erstes.

„Warum das denn?", fragte Mahmut konsterniert, und es wurde ihnen erklärt, dass Handys abgehört werden könnten und dass es nicht reiche, sie auszuschalten. Es gäbe eine spezielle Software, die nur so tue, als ob ein Handy ausgeschaltet sei. Darauf wären schon viele reingefallen, aber er wolle auf Nummer sicher gehen.

„Wer sollte uns schon abhören?"

„Macht es erst mal, dann reden wir weiter. Sonst nicht."

Nun ja; es gab sicherlich Schlimmeres als ein Handy ohne Akku. Also warum nicht.

„Womöglich seid ihr schon aufgefallen", erklärte der junge Mann anschließend. „Wie ich gehört habe, lauft ihr überall rum und sucht einen Abnehmer für größere Mengen. Würde mich gar nicht wundern, wenn ihr da abgehört werdet."

„Aber doch praktisch erst seit vorgestern!"

„Zwei Tage zu viel. Man kann nicht vorsichtig genug sein."

Mahmut und Janina fanden das insgeheim ein wenig paranoid, aber Daniel war von dieser vorausschauenden Sorge doch etwas beruhigter, als er in den letzten drei Tagen je gewesen war.

„So, dann erzählt mal. Worum geht es?"

Und Daniel und Mahmut erzählten abwechselnd, wie sie kiloweise Kokain gefunden hatten, das bislang offenbar noch von keinem vermisst wurde.

„Ich mach ja selber nichts mit irgendwelchem weißem Pulver. Ich bin sozusagen mehr auf die Abteilung Kräutermedizin abonniert. Gras, Dope, vielleicht noch Pilze. Obwohl die heutzutage praktisch kaum noch verlangt werden."

„Wir haben uns gedacht, dass dein Lieferant bestimmt auch noch andere Lieferanten kennt, die mehr aus der chemischen Ecke kommen", meinte Janina dazu.

„Ich weiß es nicht. Aber natürlich kennt er Leute. Fragen könnte ich ihn natürlich mal."

Er sah die drei einen langen Moment nachdenklich an. Dann fügte er hinzu: „Wisst ihr, ich warte immer noch so ein bisschen auf das Zauberwort."

„Bitte?", meinte Daniel verwundert und erntete einen vernichtenden Blick.

Janina sagte sehr bestimmt: „Provision".

„Ich seh schon, wir zwei verstehn uns", sagte der junge Mann zu Janina und ließ sich die Nummer des frisch gekauften Prepaid-Handys und einen Stapel Visitenkarten geben.

Ein Spitzel überzeugt sich selbst

Dimitrij konnte sich nicht so recht entscheiden, was er mit seinen Informationen anfangen sollte. War er verpflichtet, sie mit seinen Auftraggebern zu teilen? Oder tat sich hier eine einmalige Gelegenheit auf, selbstständig tätig zu werden? Gedankenverloren goss er sich einen weiteren Gin ein. Die Angelegenheit musste gründlich bedacht werden.

Wie war er nur in diese Zwickmühle geraten?

Eine sehr lautstarke und gut organisierte Bürgerinitiative hatte seinerzeit vehement gegen Bau und Inbetriebnahme des Paradise protestiert. Auf die Stadtverwaltung war mehr Druck ausgeübt worden, als sie normalerweise aushielt. Aber ach, es waren ihr die Hände gebunden. Baurechtliche Bedenken bestanden beim besten Willen nicht, und ansonsten war ein solcher Club, bis auf wenige gesetzlich verankerte Ausnahmen, nicht genehmigungspflichtig.

Das einzige, was sie machen könne, wurde der Anführerin der Bürgerinitiative unter vier Augen bedeutet, das sei, noch vor der Eröffnung einen Kindergarten oder eine Schule in unmittelbarer Nachbarschaft des geplanten Clubs zu eröffnen. Das mochte im Prinzip ein guter Tipp gewesen sein; in der Praxis allerdings scheiterte seine Umsetzung an dem Mangel an kleinen Kindern unter den Mitgliedern der Bürgerinitiative.

Das Paradise wurde also eröffnet, und die Anführerin der Bürgerinitiative prophezeite in der Presse, in sehr vielen Gesprächen, auf Podiumsdiskussionen und in zahlreichen Offenen Briefen einen ungeahnten Anstieg der Kriminalität in der verschlafenen kleinen Stadt.

Daraufhin hatte sich ein unauffälliger Vertreter der Stadtverwaltung mit dem Leiter der örtlichen Kriminalpolizei zu einem Krisengipfel auf höchster lokaler Ebene getroffen. Kernpunkt ihrer Beratungen war, dass der Club unauffällig im Auge behalten werden müsse und nichts – „ich wiederhole: Nichts!" – Unvorhergesehenes sich dort abspielen dürfe.

Er könne aber doch unmöglich einen seiner Leute allabendlich im Bordell rumsitzen lassen, hatte der Leiter der Kriminalpolizei daraufhin protestiert. Wie sehe das denn aus! Wenn davon die Presse Wind bekäme, und das werde sicher früher oder später der Fall sein ...

„Dann werden wir uns in aller Form davon distanzieren", hatte der Vertreter des Bürgermeisters gesagt.

„Sehen Sie. Und deswegen geht das nicht. Wir können das auch schon rein personell in dieser Form nicht leisten. Polizeibeamter auf Staatskosten im Puff! Ich sehe schon die Schlagzeile in der Zeitung mit den großen Buchstaben."

Schließlich war man übereingekommen, dass eine Art V-Mann etabliert werden müsse. Die Polizei war beauftragt worden, einen kleinen Ganoven ausfindig zu machen, der sich für diesen Zweck eignete. Er sollte eine vage Bekanntschaft mit all den potenziellen Verbrechen haben, die man dem Rotlichtmilieu nachsagte. Sein Hauptaugenmerk sollte dabei auf Aktivitäten gerichtet sein, die die Öffentlichkeit beunruhigen könnten. Gleichzeitig sollte er selbst möglichst wenig ausgefressen haben, wiederum wegen der potenziellen Beunruhigung der Öffentlichkeit. Und seine Entlohnung war so zu bemessen, dass er sich davon gerade mal die für seine Arbeit notwendigen Getränke leisten konnte, keinesfalls jedoch irgendwelche darüber hinausgehenden Leistungen.

Das Auge der Gesetzeshüter war auf Dimitrij gefallen.

Es ist nicht einfach, sich in einem Club als Stammgast zu etablieren, aber Dimitrij hatte es geschafft. Anfangs hatte er nur an der Bar gesessen und mit den Mädchen geplaudert, aber es hatte nicht lange gedauert, bis er auch mit den Besitzern ins Gespräch gekommen war. Seiner Ansicht nach hatten sie die verwandte Seele in ihm erkannt. Inzwischen duzte er sich mit allen, die im Paradise etwas zu sagen hatten, und die Mädchen hatten akzeptiert, dass bis auf einen gelegentlichen Drink nichts bei ihm zu holen war. Gelegentlich hatte er schon recht vertrauliche Gespräche mit den Besitzern und ihren Freunden führen können.

Anzeichen für kriminelle Aktivitäten hatte er bisher nicht entdecken können. Bis zum gestrigen Abend.

Dieser unauffällige junge Mann, der davon gesprochen hatte, was man mit gefundenem Kokain wohl machen könne – hatte er das ernst gemeint? An Kokain hatte Dimitrij ein ganz persönliches Interesse. Leider gehörte dieses Interesse zu den Sonderposten, die durch seine Entlohnung als unauffälliger Stammgast des Paradise nicht abgedeckt waren. Diesbezügliche Bedürfnisse musste er, wie manche anderen, anderweitig finanzieren. Deshalb hatte er sich auch sofort in das Gespräch des fremden jungen Mannes mit der Barfrau eingeschaltet. Schade nur, dass der Mann daraufhin so schnell aufgebrochen war.

Ob das zu den Vorkommnissen zählte, die er der Kriminalpolizei zu melden hatte?

Andererseits – Dimitrij nahm noch einen Schluck von seinem Gin und stellte fest, dass er neue Eiswürfel brauchte – andererseits war das ja keine Aktivität der Clubbesitzer gewesen, von der er da Wind bekommen hatte. Genau genommen war er ja nur darauf angesetzt, dass keine Gefahr von dem Club ausging, oder? Ob andere innerhalb des Clubs etwas planten, was für die Polizei von Interesse sein konnte, das brauchte ihn nichts anzugehen.

Ganz genau genommen verbot ihm sein Vertrag auch nicht, mit anderen Gästen in geschäftliche Beziehungen einzutreten. Nein, davon war nie die Rede gewesen.

Dimitrij hatte sich erfolgreich selbst davon überzeugt, dass seine eigenen privaten Unternehmungen die Polizei nichts angingen. Schließlich wäre er für diesen Job nicht mal in Frage gekommen, wenn er nicht die eine oder andere Vorstrafe gehabt hätte. Und musste er nicht auch etwas für sein diesbezügliches Renommee tun, wenn er glaubhaft bleiben wollte? War er nicht folglich quasi polizeilich dazu verpflichtet, den jungen Mann ausfindig zu machen und ihm seine Ware möglichst günstig abzukaufen? Und schließlich: Erfüllte er seinen Auftrag, das Paradise sauber zu halten, nicht am besten, wenn er das ganze Koks so schnell wie möglich aus dem Verkehr zog?

Zufrieden mit sich selbst und seinen klaren Gedankengängen wanderte er hinüber in die Küche, um neue Eiswürfel zu holen. Er würde den jungen Mann finden, er würde ihn ein wenig einschüchtern, und wenn das Glück ihm hold war, würde er anschließend einen guten Vorrat an frischem Koks haben.

## Die Entführung

Es hatte Zeiten gegeben, in denen war der Minimarkt an Mittwochnachmittagen geschlossen gewesen. Die Kunden kamen nur vereinzelt, und die Öffnung hatte sich nicht gelohnt. Inzwischen war der Laden zwar geöffnet, aber er lief nur mit kleiner Besetzung. Die Lehrlinge hatten frei.

Ronny hatte sich eine Mütze tief in die Stirn gezogen und war kundschaften gegangen. „Zwei ältere Frauen, die ziemlich tatkräftig aussehen. Und hinter der Theke steht ein dünnes junges Mädchen mit einem langen Zopf."

„Dann nehmen wir wohl das Mädchen", meinte Günther dazu.

„Würde ich vorschlagen, ja. Junge Mädchen machen sich immer gut."

Und die beiden setzten sich wieder in ihr Auto, das diesmal etwas unauffälliger in einer ruhigen Seitenstraße stand, und warteten.

Diesmal hatten sie Glück. Eine Viertelstunde nach Ladenschluss kam die zierliche junge Frau heraus, um die Obstwagen vor der Tür hineinzurollen. Offenbar hatten die beiden tatkräftigeren Frauen noch drinnen zu tun.

„Auf gehts", sagte Ronny, und Günther stieg aus. Das Mädchen zu packen und ins Auto zu stecken, das traute er sich wohl alleine zu. Ronny ließ schon mal den Wagen an.

Günther lief auf das Mädchen zu. Als er nach ihr griff, drehte sie sich in einer einzigen fließenden Bewegung unter ihm weg und riss ihn dabei zu Boden. Er landete hart auf dem Rücken.

Ronny sprang aus dem Auto und eilte ihm zu Hilfe.

Das Mädchen sah den zweiten Angreifer herbeieilen und schaltete einen Gang höher. Ronny bekam einen schwungvollen Fußtritt in den Bauch, dass er sich krümmte und nach Luft würgte. Günther, der sich eben wieder hatte aufrappeln wollen, wurde mit einem Handkantenschlag bedacht und klappte zusammen wie ein Taschenmesser.

Das Mädchen drehte sich um, verschwand mit fliegendem Zopf in der Ladentür und schloss sie hinter sich ab.

Was Siegfried und Roy nicht wussten, war, dass Penny seit vielen Jahren asiatische Kampfsportarten betrieb. In ihrer Wohnung diente der kleinere Raum als Schlafzimmer, der große als Trainingsraum. Ihr großer Traum wäre es gewesen, nach Japan zu reisen und dort in einer Kampfsportschule selbst unterrichten zu dürfen. Zwar hätte sie dabei das Hauptgewicht auf die Philosophie gelegt, die Tai Chi und Kung Fu zugrundelag; aber das hieß noch lange nicht, dass sie nicht durchtrainiert war und zwei kräftige Männer zu fürchten hatte.

Jetzt schloss sie die Ladentür hinter sich ab und lehnte sich keuchend dagegen. Ihr schwerer Atem war nicht der Tatsache geschuldet, dass sie soeben zwei Männer zu Boden geschickt hatte; das hatte sie wie nebenbei getan. Nein, es war der Schreck darüber, an einem so vertrauten Ort angegriffen worden zu sein; das war es, was ihr die Luft nahm.

Wie oft hatte sie schon die Wagen mit Obst und Gemüse morgens vor die Tür gefahren und abends wieder hereingeholt? Wie oft war sie durch diese Türe hinaus und herein gegangen? Über keinen ihrer Handgriffe brauchte sie mehr nachzudenken. Angreifer in der Abenddämmerung erwartet man nicht dort, wo man heimisch ist, sondern in der Fremde. Penny war erschüttert über diese Verletzung ihres heimischen Raumes; sie fühlte sich, als hätte sie einen Einbrecher in ihrem Schlafzimmer ertappt.

Im Laden stand noch Marlies mit ihrem Mann, der sie abholen wollte, und hinten im Büro saß Hildegart über der Abrechnung. Penny begann sofort, wenn auch etwas unsortiert, von dem Angriff auf sie zu erzählen. „Nein, mir ist nichts passiert", beteuerte sie dabei auf die immer wiederholten Nachfragen.

„Die muss ich sehen!" Und Marlies' Mann lief hinüber zu dem großen Garagentor für die Warenlieferungen und spähte vorsichtig um die Ecke. Er sah eben noch, wie Siegfried und Roy, sich gegenseitig stützend, im Auto verschwanden und davonfuhren. „Ein schwarzer 3er BMW. Frankfurter Nummer. Den Rest vom Kennzeichen hab ich leider nicht erkannt."

„Wie sahen die Männer aus?" Hildegart hatte die beiden am Vortag zum Chef geleitet und ihren Rauswurf miterlebt. „Das sind sie! Das sind die Erpresser", sagte sie auf Pennys Beschreibung. „Und nun? Was, wenn sie eine von uns angegriffen hätten? Wir hätten uns nicht so gut wehren können wie du", meinte sie.

„Wir finden sie", versprach Marlies' Mann. „Die ganzen Stadtwerke werden dabei helfen. Jeder Busfahrer, jeder Müllmann, jeder Straßenreiniger, jeder Stromableser und jede Politesse. Das versprech ich euch."

Bislang hatte Marlies der Tatsache noch nicht viel abgewinnen können, dass ihr Mann bei den Stadtwerken arbeitete; aber das, fand sie, hörte sich doch mal richtig gut an.

Es sollte nicht so ganz jeder Mitarbeiter der Stadt mitsuchen, aber es waren dann doch ziemlich viele, die versprachen, ihre Augen offenzuhalten und nach dem schwarzen BMW Ausschau zu halten.

Am späteren Abend fuhr ein Busfahrer der Linie 1 auf seiner Tour an der Rockbar vorbei und entdeckte auf dem Parkplatz den schwarzen Wagen mit dem Frankfurter Nummernschild. Der Busfahrer griff sofort zu seinem

Handy und informierte Marlies' Mann. „O scheiße", sagte der. Dann rief er bei der Polizei an.

Gespräch mit der Wache

„Also Sie wollen mir jetzt sagen, dass ein Wagen vor dem Lokal steht, der möglicherweise von den Männern gefahren wird, die heute angeblich eine Frau überfallen haben?" Der Telefonist der Polizeiwache hörte sich jetzt schon etwas ungeduldig an.

„Genau! Genau das will ich Ihnen sagen."

„Wir haben hier aber keine Anzeige wegen eines Überfalls vorliegen."

„Dann wird sie ihn vielleicht nicht angezeigt haben?"

„Wenn keine Anzeige vorliegt, können wir nicht tätig werden."

„Aber das sind die selben Männer gewesen, die Schutzgeld von ihrem Chef erpressen wollten!"

„Ach ja. Sagt das auch die Freundin Ihrer Frau?"

„Kollegin. Und das sagt die ganze Belegschaft."

„Hat irgend einer von der ganzen Belegschaft die Forderung mit eigenen Ohren gehört?"

Marlies schüttelte den Kopf.

„Nein, gehört hat sie keiner. Aber die eine Kollegin hat die beiden Männer gesehen."

„Und ist daraufhin überfallen worden?"

„Nein, das war die andere."

„Jetzt mal langsam zum Mitdenken. Eine Kollegin Ihrer Frau hat zwei Männer gesehen. Eine andere Kollegin Ihrer Frau ist angeblich überfallen worden. Und Sie gehen jetzt davon aus, dass es sich um die selben beiden Männer handelt. Und wir sollen jetzt in eine Rockerkneipe gehen mit dieser Begründung?"

„Na, die, die überfallen worden ist, hat sie natürlich beschrieben. Und daraufhin hat die andere sie erkannt."

„Ah ja. Das muss ja eine sehr präzise Beschreibung gewesen sein."

„Genau! Der eine war ein bisschen kleiner und hatte dunkle Locken, der andere war groß und breit und blond."

„Hören Sie. Es muss Ihnen doch selbst klar sein, dass diese Beschreibung auf ziemlich viele Leute zutrifft. Angenommen, nur mal angenommen, wir gehen jetzt tatsächlich in diese Kneipe rein. Was meinen Sie, wie viele große, breite blonde Männer da sitzen? Und wie viele normal große Dunkelhaarige?"

„Aber Sie müssen doch irgend etwas tun!"

„Richtig. Wir müssen etwas tun. Wenn eine gesetzeswidrige Handlung bei uns zur Anzeige gebracht wird, dann müssen wir dem nachgehen. Wenn also jetzt die Freundin Ihrer Frau zu uns kommt und einen Überfall anzeigt. Oder wenn der Chef Ihrer Frau zu uns kommt und eine Schutzgelderpressung zu Protokoll gibt. Dann würden wir sogar mit besonderer Begeisterung tätig werden, denn so etwas hat es hier noch nie gegeben. Das wäre sozusagen eine Premiere."

„Das heißt, Sie lassen die beiden jetzt einfach so laufen?"

„Zwei Männer, über die wir nichts wissen, außer dass Sie uns hier Gerüchte auftischen? In der Tat, die lassen wir einfach so laufen. Eine gute Nacht noch."

„Halt, Moment mal! Das können Sie doch nicht machen!"

„Sie wissen anscheinend wirklich nicht, was wir hier können und was nicht. Auf jeden Fall können wir nicht jedem Gerücht nachgehen, mit dem irgendwer daherkommt. Gute Nacht."

Und diesmal war aufgelegt worden, bevor noch ein weiterer Widerspruch kommen konnte. Man hatte das definitive Gefühl, dass der Polizist am Telefon es vermisste, den Hörer auf eine Gabel knallen zu können.

## In der Rockbar

Siegfried und Roy fühlten sich in der Rockbar auf Anhieb wie zu Hause. Die altmodische Einrichtung hatte man auch in Frankfurt gelegentlich, wo man die allgegenwärtigen Banker abschrecken wollte. Meist funktionierte das. Und die Gäste kamen ihnen vor, als wären sie seit Jahren ihre dicken Kumpels.

Das vertraute Gefühl beruhte auf Gegenseitigkeit. Auch die beiden Frankfurter waren empfangen worden, als wären sie Stammgäste. Und so war es ihnen nicht schwer gefallen, die Rede auf das Gerücht zu bringen, das sie auf der Klappe gehört hatten. Irgendwelche seltsamen jungen Männer sollten versucht haben, hier Koks zu verkaufen, hätten sie gehört. Ob das wohl wahr wäre?

„Völliger Blödsinn", meinte ein breitschultriger Mann in Kutte überzeugt. „So blöd kann doch einfach keiner sein."

„Geredet haben welche davon", sagte Kalle, der am vergangenen Montag Thekendienst gehabt hatte. „Ich hab sie natürlich nicht ernst genommen. Sie haben nachher dann auch noch mit einem Gast darüber gesprochen. Keine Ahnung, was das sollte."

„Kann nur eine Falle gewesen sein." Kuttenmann war sich da sicher. „Fragt sich nur, von wem. Bullen oder Paradise?"

„Was ist Paradise?", wollte Ronny wissen, und Kalle erklärte ihm, dass ein anderer Motorradclub in der kleinen Stadt einen Stripteaseschuppen eröffnet hatte.

„Mit allem Drum und Dran", sagte er. Und dass man –
nun ja – nicht direkt miteinander befreundet wäre.

„Aber würden die auf so eine beschissene Idee
kommen?"

„Irgendeiner ist auf die beschissene Idee gekommen. Fragt sich jetzt nur, wer. Also den Paradise-Vögeln
trau ichs noch eher zu als den Bullen."

„Vor allem, was sollten die davon haben?"

„Na ja, die Bullen würden uns schon gern am Kant-
holz kriegen. Wenn sie mal einzelne aus unserm Club bei
irgendwelchen krummen Dingern erwischt haben, dann
haben sie immer gleich versucht, den ganzen Club da mit
reinzuziehen. Für die wär das ein gefundenes Fressen."

„Und die Paradise-Vögel?"

Kuttenmann lachte. „Die haben noch ein Hühn-
chen mit uns zu rupfen. Als sie aufgemacht haben, hatten
sie so eine aufgeblasene Palme vorm Haus stehen, und ein
paar von unsern Jungs ham da mit Schrotflinten Ziel-
schießen drauf veranstaltet. War natürlich schnell die
Luft raus aus dem Ding."

Siegfried und Roy fanden das ein durchaus über-
zeugendes Motiv.

„Und was meint ihr, gibt es das Koks wirklich?"

„Muss wohl. In eine Falle gehört auch ein Köder."

Siegfried und Roy sahen einander an und waren
sich wortlos einig, noch einen kleinen Abstecher ins Paradise zu unternehmen. Auch wenn das eigentlich nicht ihr
Milieu war.


Im Paradise


Dimitrij lümmelte wie üblich an der Bar herum. Er hoffte
sehr, die beiden jungen Männer von gestern wieder zu
treffen. In dem Fall würde er sie beiseite nehmen und ein

Wörtchen mit ihnen reden. Für alle Fälle hatte er sich auch ein Fläschchen K.o.-Tropfen eingesteckt, aber er nahm nicht an, dass er die brauchen würde.

Im Büro sprach derweil der Chef mit seiner Barfrau.

Natürlich war es auch den Betreibern des Paradise nicht verborgen geblieben, welcher Trubel im Vorfeld um ihren Club gemacht worden war. Und natürlich hatten sie sich auch gedacht, dass man sie unter Beobachtung halten würde. Es war ihnen nicht schwer gefallen, Dimitrij als denjenigen zu identifizieren, der mit dieser Aufgabe betraut worden war, und so hatten sie schnell ein vertrautes Verhältnis mit ihm aufgebaut – nach dem Motto: Kenne deinen Feind und du weißt, vor wem du dich in acht nehmen musst. Sollte es jemals irgendwelche illegalen Aktivitäten im Paradise geben, dann wäre Dimitrij mit Sicherheit der letzte, der davon erführe.

„Wahrscheinlich ist es ihnen zu langweilig geworden", meinte der Chef. „Immer nur zu hören, dass hier alles total legal abgeht, muss ja echt frustrierend sein."

„Und du meinst, jetzt hat dir die Polizei ein bisschen auf die Sprünge helfen wollen?"

„So, wie du die Kerle geschildert hast …"

„Die waren eindeutig zu blöd für Bullen. Und unser guter Dimitrij wusste von nichts."

„Bist du dir da sicher?"

„Absolut."

„Hm … Die würden doch hier keine Provokateure reinschicken, ohne ihm Bescheid zu sagen! Ich meine, der Sinn der Sache wäre doch dann, dass er weitererzählt, was wir tun."

„Eben. Deshalb glaub ich das nicht. Außerdem ist er selbst drauf angesprungen."

„Ach ja! Und was meinst du, sind die beiden Spaßvögel am Ende echt?"

„Könnte doch sein."

„Und wo sollten bitte zwei Typen wie die kiloweise Koks finden?"

„Man hat schon Pferde vor der Apotheke kotzen sehn."

„Das heißt, du weißt es auch nicht."

„Wenn ich wüsste, wo man kiloweise Koks findet, würde ich dann hier noch arbeiten?"

„Auch wieder wahr."

„So, und was mach ich jetzt, wenn die beiden wieder hier auftauchen?"

„Am besten, du sagst ihnen, du hättest dich umgehört und niemanden gefunden. Und dann werd ich sie mir unauffällig beiseite nehmen und ihnen mal auf den Zahn fühlen. Wenn die wirklich echt sind, dann will ich doch wissen, wo ihre Quelle ist."

„Und wenn das doch ein Versuchsballon war? Dann kriegen wir nachher den Anschiss, dass wir die nicht gemeldet haben."

„Für den Blödsinn, den die da verzapfen? Wenn wir das ernst nehmen würden, wo kämen wir da hin?"


Das Zusammentreffen im Paradise

Am späten Abend kam es in der Bar zu einem denkwürdigen Zusammentreffen, von dem einige der Beteiligten nichts bemerkten.

Daniel hatte darauf bestanden, mit den frisch gedruckten Visitenkarten noch einmal im Paradise vorbeizuschauen. Er wollte das Zeug jetzt nur noch loswerden, egal wie und so schnell wie möglich. Mahmut war sofort mit von der Partie, wenn auch wahrscheinlich aus anderen Gründen.

Janina hatte sich eine halbe Stunde ausbedungen, um sich aufzubrezeln, wie sie sagte. Daniel und Mahmut war vorher nicht ganz klar gewesen, was es da noch groß zu brezeln gab. Aber auch sie mussten zugeben, dass das Ergebnis den Aufwand rechtfertigte, auch wenn sie Janinas Unterscheidung zwischen Tages-Make-Up und Abend-Make-Up nicht ganz nachvollziehen konnten. Auch ihre Ausführungen zum Thema Smoky Eyes stießen bei den beiden auf wenig Verständnis. Dafür konnten sie umso besser die Wirkung von bauchfreiem Top, Hot Pants und schwarzen Strumpfhosen würdigen. Janinas Klage, dass ihre Absätze nicht hoch genug seien, hielten sie hingegen für völligen Blödsinn.

Selbstbewusst stiefelte Janina vorneweg. Einen solchen Club hatte sie schon immer einmal von innen sehen wollen. Das Leben war doch herrlich im Moment; so viel war los! Wer hätte damit gerechnet. Sie nicht, als sie mit diesem Praktikum anfing. Endlich konnte sie einmal so richtig ordentlich auf den Putz hauen.

Die Barfrau gab ihrem Chef einen heimlichen Wink, als die drei hereinkamen. Der trat ihnen sofort entgegen, erklärte ihnen, wie sehr er sich immer über Damenbesuch freue, und lotste sie zu einer Sitzgruppe. Janina sah sich neugierig um. Die Frauen, die hier arbeiteten, waren weniger aufgestylt als sie selbst. Allerdings trugen sie höhere Absätze. Janina beschloss, das als ein Unentschieden zu werten.

Von der Bar aus sah Dimitrij zu und ärgerte sich. Jetzt waren sie für ihn unerreichbar. Der Chef war ihm zuvorgekommen. Ob er die Geschichte doch hätte melden sollen?

Am anderen Ende der Bar klammerten sich Siegfried und Roy an ihre Biergläser. Bei so viel weiblicher Erotik fühlten sie sich unbehaglich. Neben ihnen stand Kalle und fühlte sich aus anderen Gründen unbehaglich:

Er befand sich hier auf dem Terrain eines nicht gerade befreundeten Clubs. Vielleicht hätten sie das mit der Palme und dem Schrotgewehr doch lieber lassen sollen. Er zeigte seinen Begleitern die beiden jungen Männer, die ihn in der Rockbar angesprochen hatten, und verschwand so schnell wie möglich wieder in sein eigenes vertrautes Revier.

Siegfried und Roy zogen den selben falschen Schluss wie Dimitrij, dass nämlich der Chef des Paradise etwas mit dem Kokain zu tun haben müsse. Aber während Dimitrij glaubte, er wäre ihm beim Kauf zuvorgekommen, hielten Siegfried und Roy ihn für den Auftraggeber. Sie wunderten sich zwar, dass er zwei so offensichtlich unerfahrene junge Burschen mit dem Auftrag betraut hatte, Koks für ihn zu verkaufen; aber vielleicht lief sowas in der Provinz ja ganz anders als bei ihnen in Frankfurt?

Auf jeden Fall war für sie klar, dass das Paradise der eigentliche Eigentümer war.

Nur, an wen sollten sie sich jetzt halten?


Der Spitzel verliebt sich

Dimitrij war begeistert. Was für eine Frau! Dass diese beiden Nullen mit einer so rattenscharfen Braut in einem Club auftauchen würden, damit hatte er beim besten Willen nicht gerechnet. Wo mochten sie die wohl aufgetrieben haben? Ob er die beiden nicht vielleicht doch unterschätzt hatte?

Wieder gab die Barfrau ihrem Chef ein Zeichen: Dimitrij rutschte auf seinem Hocker umher und war drauf und dran, sich zu den dreien an den Tisch zu setzen. Der Clubbesitzer reagierte schnell, indem er ihm einfach zuvorkam.

„Sagt Tim zu mir", meinte er und strahlte sie an mit einem fröhlichen Lausbubengesicht unter einem zerzausten Schopf dunkelblonder Haare. Das Haar an seinem Kinn schienen sich nicht entscheiden zu können, ob es einen gut gestutzten Vollbart oder einen lange vernachlässigten Drei-Tage-Bart darstellen sollte; auf jeden Fall gelang es ihm nicht, das Gesicht erwachsener wirken zu lassen. Janina beschloss sofort, diesen Mann für so vertrauenswürdig zu halten wie einen besonders freundlich lächelnden Hütchenspieler.

„Und, wie gefällt es Ihnen bei uns?", fragte er Janina höflich.

„Och – joh, nicht schlecht soweit."

„Was darf ich Ihnen zu trinken kommen lassen? Sie wissen schon, dass es bei uns nicht üblich ist, Damen ihre Drinks selbst bezahlen zu lassen."

Janina beäugte ihn misstrauisch. Wollte dieser Kerl was von ihr?

Der Chef lachte. Er beugte sich zu ihr hinüber und sagte vertraulich: „Ganz unter uns. Wenn das hier erst einmal einreißt, dass Frauen selbst bezahlen, dann kann ich meinen Laden dichtmachen. Wir wollen doch kein schlechtes Beispiel geben, nicht wahr?"

Janina sah sich um und registrierte jetzt erst, dass all die Frauen um sie her teuer aussehende Getränke vor sich stehen hatten.

„Ich dachte, Sie verdienen an was anderem?"

„Meine Mädels verdienen an was anderem. Ich verdiene an den Getränken." Und er blitzte sie mit seinen weißen Zähnen in dem sonnenbankgebräunten Gesicht an, als sei er der vertrauenswürdigste Mensch auf Erden.

Janina gab auf. Sie nickte ergeben und ließ sich eine Piccoloflasche Sekt ausgeben.

„Das sieht interessant aus, was die Frauen da an der Stange machen."

„Ja, und es ist gar nicht so einfach."

„Ob ich das auch mal versuchen dürfte?"

„Nur, wenn Sie sich auch ausziehen." Der Barbesitzer lachte dabei, um seinen Worten die Schärfe zu nehmen.

„Och ..." Janina schien einen Moment lang zu zögern, sagte dann aber doch entschlossen: „Nö, dann nicht."

„Aber natürlich steht die Tanzfläche völlig zu Ihrer Verfügung."

Das war ein Fehler gewesen. Eigentlich hatte er, nachdem er Vertrauen hergestellt hatte, die junge Frau mit einem harmlosen kleinen Flirt unterhalten wollen.

Der Barbesitzer kannte sich aus mit Frauen. Schließlich war das ein wesentlicher Teil seines Jobs. Man tat so, als nähme man sie ernst und spräche vertraulich mit ihnen; und schon fassten sie Dinge als harmlosen Flirt auf, die sie noch fünf Minuten vorher für plumpe Anmache gehalten hätten. Jetzt erwartete er, dass die junge Frau sich geschmeichelt fühlen sollte von der Aufmerksamkeit, die er ihr widmete. Sie sollte kichern und unter ihrem Rouge echte rosige Wangen bekommen.

Janina hatte anderes im Sinn. Sie gehörte zu den Mädels, die mit Begeisterung in der Disco auf der Box tanzen; und genau das tat sie nun auch auf der Tanzfläche des Paradise. Die Akrobatin an der Stange war für ihr Gefühl ein Punkt für die anderen gewesen; aber sie, Janina, sie würde das Unentschieden schon wieder herstellen.

Das gab Dimitrij die ideale Gelegenheit, sich ihr unauffällig zu nähern.

# Donnerstag

Siegfried und Roy hatten sich allmorgendlich bei Friedhelm telefonisch zu melden und Bericht zu erstatten. Diesmal war er aus ihrem Bericht nicht so recht klug geworden. Dass der Ladenbesitzer in einem alten Bauernhaus wohnte und einen Bernhardiner besaß, war vielleicht gut zu wissen, aber was hatte das mit Siegfried und Roy und ihrem Auftrag zu tun? Und dass eine der Verkäuferinnen offenbar Karate beherrschte, war auch nicht das, was er hatte hören wollen.

„Habt ihr den Kerl wirkungsvoll eingeschüchtert?", fragte er noch einmal nach – und wieder kam nicht viel Substanzielles.

„Na ja, vermutlich schon", meinte Ronny, und es klang wenig überzeugt.

„Und hat er jetzt begriffen, worum es geht?"

„Das glaub ich nicht", sagte Ronny mit deutlich mehr Überzeugung. „Und ich glaube auch nicht, dass wir viel erreichen, wenn wir weiter dran bleiben."

Das allerdings fand Friedhelm verwunderlich. Nicht, weil er anderer Ansicht gewesen wäre, sondern weil Siegfried und Roy schließlich für ihren Einsatz bezahlt wurden. Dass die zwei auf einen weiteren Tag

Bezahlung verzichteten, war außergewöhnlich. Friedhelm wurde hellhörig.

„So, glaubst du nicht. Und was glaubst du, was wir tun sollten?"

„Na ja, wir wissen ja überhaupt nicht, wem er wieviel schuldet. Und er lässt keine Anzeichen von Schuldbewusstsein erkennen, wie das normalerweise ist. Also wir müssten ihm schon zumindest genau sagen können, worum es geht."

„Aber ich hab euch doch gesagt, mein Klient will ungenannt bleiben."

„Ja eben, genau das ist das Problem. Wenn wir keine weiteren Informationen kriegen, dann wissen wir auch nicht, was wir noch weiter tun können."

Entweder dieser Ladenbesitzer hat sie total verschreckt, dachte Friedhelm, und das ist ja eher unwahrscheinlich. Oder die wollen mal wieder ihr eigenes Spiel spielen. Aber nicht mit mir.

„Da müsste ich mit meinem Klienten noch mal reden", sagte er, „aber ich glaube nicht, dass der darauf eingeht. Also verbleiben wir so, ihr betrachtet den Auftrag erst einmal als erledigt und kommt wieder zurück. Ich melde mich wieder, falls es doch noch was für euch zu tun gibt. In Ordnung?"

„Ja, alles klar", sagte Ronny. „Aber ich glaube, wir bleiben noch bis morgen hier."

„Warum um alles in der Welt denn das? Was habt ihr gejammert, dass ihr in die finsterste Provinz geschickt werdet!"

„Och, ist eigentlich ganz nett hier. Alte Häuser und so. Landschaft. Wir dachten, wie könnten mal ein paar Tage Urlaub gut vertragen."

Irgend etwas war an der Geschichte oberfaul. Dass Siegfried und Roy alte Häuser und Landschaft auch nur zur Kenntnis nahmen, war höchst unwahrscheinlich. Sie waren doch wohl hoffentlich nicht der Wahrheit auf die Spur gekommen?

Friedhelm beschloss, dass Luisa jetzt übernehmen musste. Sie sollte selbst in diese vermaledeite Kleinstadt fahren.

Alte Häuser! Landschaft! Ja, wer's glaubt.


## Luisa an die Front

Luisa ließ sich nicht gerne in eine Schublade einordnen. Manchmal war es gut, unauffällig sein zu können, und manchmal erforderte es ihr Job, groß aufzutrumpfen. Nach reiflichen Erwägungen hatte sie sich deshalb für einen VW Phaeton entschieden.

Das Auto war bei Kennern hoch geschätzt, weil es schnell, zuverlässig und sehr bequem war. Aber man sah ihm nicht auf den ersten Blick an, dass es in der Ausführung, die sie fuhr, 120 000 Euro gekostet hatte. Es war zwar ein absoluter Luxuswagen, aber ein unauffälliger. Wer selbst Geld hatte und etwas von Autos verstand, erkannte ihn. Der Laie sah nur einen Volkswagen und mochte ihn für einen großen Bruder des Passat halten.

Außerdem hatte sie etwas geschafft, was für menschenunmöglich gehalten wird: Als geborene Schwäbin hatte sie sich ihren Akzent vollständig abtrainiert. Sie sprach reinstes Hochdeutsch, gelegentlich mit einem kleinen schweizerischen Einschlag, denn sie hatte festgestellt, dass Schweizer für phantasielos und grundanständig gehalten wurden. Es gab Situationen in ihrem Berufsleben, in denen das von Vorteil war. Und dass sie ursprünglich einmal Lisa Biland geheißen hatte, das brauchte auch niemand zu wissen.

Während sie über die Autobahn in die kleine Stadt brauste, dachte sie darüber nach, was Siegfried und Roy wohl falsch gemacht haben mochten. Eigentlich war ihr Auftrag doch klar gewesen. Sie sollten den Ladenbesitzer so einschüchtern, dass er das unterschlagene Kokain wieder rausrückte. Aber er hatte es nicht getan.

Das konnte doch nicht so schwer sein!

Für sie selbst war körperliche Gewalt keine Option. Sie würde es mit ihren eigenen Methoden versuchen. Dabei trug sie ein ähnliches Outfit wie das, das sie bei dem Filialleiter benutzt hatte: Alle Insignien eines Menschen, der in der wirtschaftlichen Hierarchie eine sehr hohe Position innehat, und zusätzlich eine geballte Ladung Weiblichkeit.

Friedhelm hatte ihr noch einmal sehr eindringlich klargemacht, dass die verschwundene Ware unbedingt, um jeden Preis, herbeigeschafft werden musste. Warum hatte er das wohl so betont? So etwas tat er doch sonst nicht.

Gut, es ging um Millionenbeträge, aber der größte Teil seiner Ware lag doch für den Don schon bereit, und damit hatte er zumindest schon einmal keinen Verlust gemacht. Wenn er das verkaufte, was sie für ihn gesichert hatte, dann war er dicke aus dem Schneider.

Weshalb dann diese Eindringlichkeit?

Ob das etwas damit zu tun hatte, dass Siegfried und Roy offenbar gescheitert waren? Auch so eine undurchschaubare Angelegenheit.

Ihrer Erfahrung nach hatten zwei auffällige Unstimmigkeiten bei ein- und dem selben Auftrag in den allermeisten Fällen etwas miteinander zu tun. Aber was? Das war hier die Frage.

Luisa hatte zunehmend das Gefühl, sich auf sehr, sehr dünnem Eis zu bewegen. Irgend etwas stimmte mit diesem Auftrag nicht, dafür hatte sie einen Riecher.

Dumm nur, dass Friedhelm eine der Komponenten war, bei denen etwas nicht stimmte. Sie war daran gewöhnt, Zweifelsfragen mit ihm durchzusprechen, und nur mit ihm. Jetzt fehlte ihr ein Ansprechpartner.

Nun, sie würde sehen. Erst einmal also dieser Ladenbesitzer.


Angebot und Nachfrage

Erstaunlich, wie schnell diese jungen Leute zueinander fanden. Der Besitzer des Minimarktes beobachtete nun schon den dritten Tag, dass seine beiden Lehrlinge und die neue Praktikantin unzertrennlich waren. Ein Kopp und ein Arsch, wie seine Mutter sagen würde. Bei Mahmut verstand er das ja, die Praktikantin hatte da ein paar unübersehbare Pluspunkte; aber bei Daniel wunderte es ihn doch.

Jetzt waren die drei schon wieder gemeinsam zum Mittagessen verschwunden. Nun gut, so lange sie sich mit den Kolleginnen absprachen, sollte ihm das recht sein.

„Ich fahr dann mal zum Großhandel!", rief er den Frauen zu. „Wahrscheinlich guck ich kurz vor Feierabend noch mal rein."

Daniel war von Tag zu Tag nervöser geworden. „Wir müssen das Zeug jetzt loswerden", sagte er, sobald sie mit ihren Sandwiches am Tisch saßen. „Wie viele Karten haben wir denn bis jetzt verteilt?"

„Also ein paar haben wir gestern dem Dealer gegeben", antwortete Janina, „und eine hab ich dem Typ gegeben, der im Paradise mit mir getanzt hat."

„Warum das denn?"

„Na, er hat danach gefragt. Er meinte, er hätte euch den Abend vorher mit der Barfrau reden hören."

„War das der, den du meintest, Daniel?", fragte Mahmut. Er hatte an dem fraglichen Abend wenig von Daniels Gesprächen an der Bar mitbekommen.

„Kann gut sein. Sicher, das wird er gewesen sein. Wer sollte Janina sonst darauf ansprechen."

„Und der Barchef?"

„Dem habe ich eine Karte gegeben", sagte Mahmut.

„Und ich den beiden, die uns angesprochen haben, als wir zum Auto gingen", fügte Daniel hinzu. „Die beiden, die gemeint haben, dass sie aus der Rockbar kommen."

„Haben wir die da gesehen?"

„Du, das weiß ich beim besten Willen nicht mehr. Aber ich glaub eher, dass die in der Rockbar über uns geredet haben, als wir weg waren, und dann haben sie die beiden vorgeschickt. Dass die also sozusagen im Namen des ganzen Clubs unterwegs sind."

„Und wem von all denen können wir trauen?"

Schweigen.

Schließlich ergriff Daniel das Wort und sagte, sehr zu seinem eigenen Widerstreben: „Ich glaube, am ehesten noch dem Dealer."

„Obwohl", warf Janina ein, „wir mit dem ja nicht direkt zu tun haben werden, sondern nur mit jemandem, den er irgendwo ausfindig macht. Und wer das dann sein mag, wer kann das wissen?"

Wieder schwiegen die drei bedrückt, und selbst Mahmut verspürte jetzt zum ersten Mal einen Anflug von Unsicherheit.

In diesem Augenblick klingelte das Prepaid-Handy.

Alle drei starrten es an, als wollten sie es hypnotisieren, und schließlich war Janina es, die es aufnahm. Die anderen beiden hörten gebannt zu.

„Ja, hallo?"

„Nein, meinen Namen brauchen Sie nicht zu wissen."

„Da haben Sie richtig gehört. Wir wollen etwas verkaufen."

„Kokain. Fünfzig Kilo. Direkt aus Kolumbien, vermutlich unverschnitten. Das müssten Sie dann noch feststellen lassen."

„Nein, wir treffen jetzt noch keine festen Abmachungen. Derzeit holen wir nur Angebote ein."

„Sie haben Zeit bis morgen Abend, um Ihr Angebot abzugeben."

„Nein, Teilmengen verkaufen wir nicht. Wir wollen die gesamte Menge loswerden."

„Doch, doch, wir haben mehrere Interessenten. Wir werden morgen Abend unsere Entscheidung treffen und uns für ein Angebot entscheiden."

„Natürlich. Lassen Sie sich ruhig Zeit. Stellen Sie Ihre Berechnungen an und lassen Sie uns das Ergebnis wissen."

„Alles klar. Wir erwarten dann Ihr Angebot."

Als sie das Telefon wieder auf den Tisch legte, zitterte ihre Hand.

„Wer war das?", fragten die andern beiden. „Was hat er gesagt?"

„Na ja - wer das war, weiß ich auch nicht. Aber er will es sich überlegen. Und er ruft zurück."

Dann saßen sie schweigend, überwältigt von dem Gefühl, dass die Kugel jetzt ins Rollen gekommen sei und nichts sie mehr aufhalten könne.


Don Luciano zwischen Trauer und Wut

So etwas hatte er noch nie gesehen. Silvio war entsetzt. Dass Don Luciano weinte - oder, was das betraf, irgend ein Don -, das war unerhört.

Aber doch, da war kein Zweifel möglich: Dem Don kullerten dicke Tränen die Wangen hinab, und er schneuzte sich lautstark in ein großes pastellgrünes Einstecktuch.

„Ach, Silvio", sagte er schließlich, „alle verlassen sie uns. Am Schluss wird uns keiner mehr bleiben."

Silvio bemühte sich, unverbindlich dreinzuschauen, und erwiderte sicherheitshalber gar nichts.

„Wissen Sie, wie lange ich Rudolfo kannte?"

Mit einer vagen Handbewegung versuchte Silvio anzudeuten, dass er es nicht wisse.

„Wir sind praktisch zusammen aufgewachsen. Sein Vater hat meinem Vater schon gedient. Als Jungen haben wir miteinander gespielt, und er hat mich immer gewinnen lassen, jedes einzelne Mal."

Silvio wagte ein vorsichtiges „Ja, damals wussten die Kinder noch, wo ihr Platz ist".

„Da sagen Sie was, Silvio, da sagen Sie was! So etwas gibt es heutzutage nicht mehr."

Er warf sein nasses Einstecktuch beiseite, griff zu einer Packung Papiertaschentücher und schneuzte sich erneut.

„Und was bleibt mir nun? Silvio, ich sage Ihnen, glücklich ist der Mann, der Söhne hat. Sie führen sein Werk fort. Aber ich, was hab ich? Meine liebe Maria, Gott hab sie selig, hat mir leider nur die beiden Töchter geschenkt. Umberto ist ein Schleimscheißer, wie er im Buche steht, und die andere will einen Mailänder heiraten, stellen Sie sich das mal vor! Ach, es ist alles nicht mehr, wie es einmal war."

Jetzt befand Silvio sich endlich wieder auf vertrautem Terrain. Wenn der Don begann, den alten Zeiten nachzutrauern, dann war alles wieder gut.

Und tatsächlich dauerte es nicht lange, bis Don Luciano zur Tagesordnung überging. „Wie konnte das überhaupt passieren?", fragte er.

„Man weiß es nicht so ganz genau. Offenbar wollte Rudolfo unsere Kontaktleute in Kolumbien treffen. Vielleicht ist er auf den Weg dorthin erschossen worden?"

„Silvio, kommen Sie mir nicht wieder mit ihren Scheißzufällen. So viele beschissene Zufälle kann es gar nicht geben, wie Sie mir hier unterjubeln wollen!"

„Kolumbien ist ein heißes Pflaster, Padrone. Da kann man nicht vorsichtig genug sein. Vielleicht hat jemand befürchtet, dass wir in die dortigen Geschäfte einsteigen wollen?"

„Vielleicht wollte aber auch jemand nicht, dass wir ihnen auf die Schliche kommen! Mein Koks verschwindet, und wenn ich nachschauen lasse, dann wird mein Mann umgebracht! Wie blöd muss man sein, um da noch an einen Zufall zu glauben?"

„Nun ja ..."

„Und erzählen Sie mir jetzt nicht wieder, es wäre doch immerhin möglich! Diese ganze Geschichte stinkt zum Himmel, ich weiß das. Ich wusste es vorher schon, und jetzt bin ich mir absolut sicher. Das bedeutet Krieg, Silvio, Krieg! Diese Affen da drüben hätten meinetwegen meinen dämlichen Schwiegersohn abknallen können, da hätte ich vielleicht noch drüber wegsehen können, aber nicht Rudolfo! Hab ich Ihnen schon erzählt, wie er mein Leibwächter wurde, als ich in das Geschäft eingestiegen bin?"

Don Luciano griff erneut zu den Taschentüchern, und Silvio machte sich auf einen langen Abend gefasst.

„Wissen Sie, was das heißt?", wiederholte der Don schließlich, „Krieg heißt das, verstehen Sie?"

„Aber ich bitte Sie, Padrone. Bitte, regen Sie sich doch nicht so auf! Das ist gar nicht gut für Sie. Sie wissen doch, was Ihr Arzt gesagt hat."

„Es ist mir scheißegal, was der Arzt gesagt hat! Dieser dämliche Arzt kann mich kreuzweise! Meinen Sie, ich lasse mir von so einem Quacksalber vorschreiben, wann ich mich aufregen darf und wann nicht? Ich, Don Luciano?!"

Silvio hob resignierend die Hände. „Wir möchten Sie halt gerne noch möglichst lange behalten, Padrone."

„Ha! Meinen Sie, bei mir wissen Sie, was Sie haben? Und was nach mir kommt, das weiß man nicht, wie?"

Darauf war nichts zu erwidern.

„Ich werd Ihnen sagen, was wir jetzt tun, Silvio. Passen Sie auf." Don Luciano tippte mit seinem Bleistift, den er immer noch teureren Schreibgeräten vorzog, auf den Holztisch. „Es war von vornherein ein Fehler, jemanden nach Kolumbien zu schicken. Ja, ich weiß, was Sie sagen wollen; es war mein eigener Fehler. Auf diese hirnverbrannte Idee bin ich selbst gekommen. Aber ein Fehler war es trotzdem; wir hätten die Brüder hier antanzen lassen sollen. Es ist immer falsch, jemandem nachzulaufen, merken Sie sich das."

Silvio Francini nickte vorsichtig und merkte es sich.

„Im Grunde gibt es nur zwei Möglichkeiten. Entweder die Kerle arbeiten plötzlich auf eigene Rechnung, oder eine andere Familie will uns das Wasser abgraben. Die Frage ist jetzt: Wem können wir vertrauen?"

Silvio wusste es auch nicht.

„Und was das Allerschlimmste ist: Wir können noch nicht einmal mit Sicherheit ausschließen, dass einer von uns dahintersteckt."

Silvio beeilte sich, dem Don zu versichern, dass seine gesamte Familie selbstverständlich hinter ihm stehe.

„Das ist Quatsch, und das wissen Sie selbst. Schwarze Schafe gibt es überall. Warum sollte das ausgerechnet bei uns anders sein? Nein, nein, Silvio. Aber das Gute an der Geschichte ist: Wenn die da drüben meinen alten Freund so mir nichts, dir nichts über den Haufen knallen, dann kann ich ja wohl verlangen, dass die hier auflaufen und eine anständige Erklärung abgeben, oder?"

Dieser Ansicht war Silvio auch.

„Also tun wir folgendes. Passen Sie auf. Wir geben die Nachricht heraus, dass Don Luciano um seinen langjährigen Weggefährten und Freund Rudolfo – scheiße, wie hieß der Kerl noch gleich mit Nachnamen? – ach, ist ja auch egal. Jedenfalls dass er trauert, als sei sein eigener Sohn erschossen worden. Haben Sie das? Es wird eine große Trauerfeier geben – sehen Sie zu, dass Sie San Gennaro kriegen können, Santa Chiara tut es notfalls auch. Ich will Abgeordnete von allen Familien bei der Trauerfeier sehen. Und vor allen Dingen will ich diese Kolumbianer sehen. Und die sollten mir besser eine verdammt gute Erklärung mitbringen. Dann haben wir sie alle auf einen Haufen, und wenn mir die Erklärung nicht gefällt, dann weiß ich auch gleich, wer dran ist. Klar?"

„Ja, Padrone."

„Und für die gesamte Familie gilt ab sofort Warnstufe rot. Ich will jeden Mann im Dom haben, der eine Waffe tragen kann."

„Ja, Padrone."

„Sehen Sie zu, dass auch alle Familien die Einladung kriegen. Und sagen Sie den Kolumbianern, ich bestehe darauf, dass sie hier antanzen. Sagen Sie meinetwegen, ich wollte sie selbst nach den letzten Stunden meines Freundes fragen. Meines guten alten Freundes. Verstanden?"

„Ja, Padrone."

„Ja, dann los, los! Worauf warten Sie noch?"

Sie roch sehr angenehm, die Frau, die da auf der Barriere in seinem kleinen Büro lehnte und zu ihm hinabsah, als sei sie eine langjährige Stammkundin. Nach Hölzern roch sie, ein wenig nach Blumen und überhaupt nicht nach irgend etwas Chemischem. Wenn man einen Laden in einer der begehrtesten Wohnlagen der Stadt betreibt, dann kennt man sich mit so etwas aus.

Luisa ihrerseits hatte festgestellt, dass der Chef des Minimarktes sowohl ihre Statussymbole als auch ihre weiblichen Rundungen mit einem einzigen unauffälligen Blick zur Kenntnis genommen hatte, durchaus wohlwollend – dass er aber nicht im Geringsten davon beeindruckt zu sein schien. Vermutlich hätte er sie ebenso höflich behandelt, wenn sie in ausgewaschenen Jeans gekommen wäre.

Auf der einen Seite war das ärgerlich; es nahm ihr den Vorteil, den sie bei seinem Filialleiter so erfolgreich ausgespielt hatte. Auf der anderen Seite weckte es ihr Interesse. Es gab nicht allzu viele Männer, die sie nicht schnell beeindrucken konnte.

„Es tut mir wirklich leid", sagte Rolf, „aber ich habe heute überhaupt keine Zeit für ein längeres Gespräch. Können wir das nicht auf morgen verschieben?"

„Es ist aber wirklich sehr dringend."

„Dann sagen Sie mir doch einfach jetzt gleich, worum es geht!"

„Das würde ich sehr gerne tun", erwiderte Luisa und lehnte sich vor, so dass ihre Brust in sein Gesichtsfeld geriet. „Aber es ist – na ja – auch ein bisschen delikat."

Der Chef des Minimarktes erhob sich von seinem Schreibtischstuhl und lehnte sich von der anderen Seite an die Barriere. Groß war er nicht, stellte Luisa fest und nahm sich vor, keine hochhackigen Schuhe anzuziehen, wenn sie sich mit ihm traf. Kleine Männer konnten ja so empfindlich sein.

„Hören Sie", sagte er, „ich würde Ihnen wirklich gerne helfen. Aber dazu müsste ich erst einmal wissen, worum es überhaupt geht. Entweder Sie erzählen mir das hier und jetzt, oder Sie warten bis morgen Abend. Dann hätte ich Zeit und könnte mich mit Ihnen nach Feierabend noch kurz unterhalten. Das ist mein Angebot, entscheiden Sie sich."

Luisa seufzte possierlich und erzielte damit keinerlei Wirkung. Es war wie verhext.

Ach, zum Teufel mit Friedhelm und seiner Hetzerei. Nun war die Ware schon seit drei Tagen verschwunden, da würde es auf einen Tag mehr auch nicht ankommen. Und sie verabredete sich mit dem Ladenbesitzer für den nächsten Abend, gleich nach Ladenschluss.

„Es müsste aber etwas sein, wo man sich wirklich unbelauscht unterhalten kann", sagte sie noch.

Er gab ihr die Adresse eines Restaurants, in dem er einen so abgelegenen Tisch reservieren könne, wie sie wolle.

Gedankenversunken fuhr sie einmal durch die ganze Stadt, wofür sie nicht lange brauchte, und quartierte sich in dem einzigen Fünf-Sterne-Hotel ein, das es hier gab. Davon war sie dann auch nicht enttäuscht; architektonisch war es durchaus ansprechend. Moderne Gebäudeteile mit viel Glas wechselten sich ab mit Backsteingemäuer und Holz und Aussicht auf etwas, das zu besseren Jahreszeiten grün gewesen sein musste.

Sie checkte ein, ließ sich massieren und begab sich in einen der Speiseräume.

Auch das Essen schmeckte ihr sehr gut. Nur die Kleinstadthonoratioren mit ihren Ehefrauen in den auffälligen Abendkleidern erinnerten sie zu sehr an ihre schwäbische Herkunft, um es wirklich so ganz entspannt genießen zu können. Still für sich bedauerte sie ein wenig die Prostituierten, die in solchen Kleinstädten arbeiten mussten.

Natürlich hatte Luisa sich gelegentlich schon überlegt, woher ihre Vorliebe für Männer kam, die nicht auf den ersten Blick von ihr beeindruckt waren. Ob es vielleicht eine Art von Jagdinstinkt war?

Aber sie war dann doch zu dem beruhigenden Schluss gekommen, dass sie Männer nicht mochte, die ihr zu Füßen lagen, sondern lieber welche, die neben ihr standen, ebenso frei wie sie und ebenso ungebunden. Mit einem Mann zu schlafen, der so nach ihr lechzte wie beispielsweise dieser Filialleiter, das wäre ihr unwürdig vorgekommen. Dann könnte sie sich ja gleich einen Schoßhund kaufen, fand sie.

Allerdings ließ es ihr Freiheitsstreben dann auch nicht zu, dass eine Beziehung sich verfestigte. Immer hielt sie ein wenig Abstand. Sie hatte für die Dauer ihrer Liebschaften eine ganz feste Regel: Sobald ein Mann sein Rasierwasser in ihrem Bad deponierte, war es aus zwischen ihnen.

Sie hatte nichts dagegen, wenn ein Mann zum Frühstück blieb. Sie hatte noch nicht einmal etwas dagegen, wenn er ihren Ladyshave und ihr Gesichtswasser mitbenutzte, und Gästezahnbürsten hielt sie ohnehin immer vorrätig. Aber sie erwartete, dass er sich anschließend aus ihrer Wohnung entfernte bis zum nächsten Mal und nichts von ihm zurückblieb außer seinem Frühstücksgeschirr, zerwühlten Laken und dem Duft eines teuren Rasierwassers.

Seltsam, dachte sie noch einmal, dieser Ladenbesitzer.

## Rendezvouz und Probetütchen

Während Luisa am nördlichen Ende der Stadt ein hervorragendes Essen zu sich nahm, trafen sich am südlichen Ende Janina und Dimitrij.

Dimitrij fand dieses Mädchen großartig. Wie sie ihre beiden Jungs kommandierte, das hatte ihm imponiert, wie sie den Clubbesitzer abblitzen ließ sowieso; und als sie die Tanzfläche des Paradise stürmte, da hatte ihm das den Rest gegeben. Zu alle dem hatte sie außerdem auch noch Zugang zu kiloweise Kokain, und da hätte er selbst dann nicht widerstehen können, wenn sie ihm ansonsten völlig gleichgültig gewesen wäre. So aber fand er sie einfach ideal in allen möglichen Belangen.

Janina kannte sich in der Stadt nicht gut aus; schließlich war sie hier nur deshalb, weil sie ihren ursprünglichen Praktikumsplatz verloren hatte. Daher wusste sie auch noch nicht, dass man beim Tennisverein sehr gut italienisch essen konnte. Dimitrij gedachte sie zu beeindrucken mit hausgemachten Nudeln im Parmesanlaib mit frisch gehobelten Trüffeln. Er war ein wenig enttäuscht, als sie ein ordinäres Rumpsteak vorzog und Bier dazu trinken wollte. Auch das Publikum, das sich vermutlich aus Ärzten, Professoren und professionellen Gattinnen zusammensetzte, war nicht unbedingt nach ihrem Geschmack.

Was nun? Einen Club, in dem es so früh am Abend schon richtig abging, hatte die kleine Stadt leider nicht zu bieten.

Dimitrij besann sich notgedrungen auf sein ureigenstes Anliegen und begann damit, ihr eine Probe ihrer Ware abzuschwatzen. Er wolle sich für sie beim Clubbesitzer verwenden, erklärte er ihr. Den kenne er so gut, sie seien sozusagen die besten Kumpel. Wenn ihm die Ware gefalle, dann wolle er einen fairen Preis für sie herausschlagen. Das würde sie nirgends anders bekommen. Aber natürlich ginge das nur, wenn er das Koks vorher testen könne. Was sie davon hielte?

Janina hatte nicht damit gerechnet, dass irgend jemand die Katze im Sack kaufen würde; Dimitrij hätte sein Anliegen nicht so lang und breit begründen müssen. Zu ihrem Vermarktungskonzept mit Prepaid-Handy und Visitenkarten hatte es auch gehört, eine Packung Gefrierbeutel der kleinsten Größe mit Zip-Verschluss aus dem Minimarkt zu kaufen, eine der Originaltüten aufzureißen und jeweils einen Löffel voll von dem weißen Pulver in ein Gefrierbeutelchen zu verfrachten. Jetzt griff sie in ihre Tasche und schob Dimitrij schweigend ein solches Tütchen zu. Unschuldig lag es im Kerzenlicht zwischen ihren Tellern und Gläsern.

Dimitrij verschlug es einen Moment lang die Sprache. Dann griff er hastig zu und versuchte sich gleichzeitig im Restaurant umzublicken, ohne den Kopf dabei zu heben. Ungerührt aß Janina weiter.

„Willst du auch probieren?", fragte Dimitrij; das schien ihm ein Gebot der Höflichkeit in einer solchen Situation.

„Nee, lieber nicht. Ich weiß ja noch nicht mal, ob das verschnitten ist oder nicht."

„Dann entschuldige mich bitte einen Moment", sagte Dimitrij und entschwand in Richtung Toiletten.


Noch ein nächtlicher Anruf

Wieder nannte der nächtliche Anrufer seinen Namen nicht. Aber natürlich erkannte Friedhelm seine Stimme.

„Wie sieht es aus?", fragte der Anrufer.

„Luisa ist selbst hingefahren", antwortete Friedhelm. „Sie wird sicher etwas erreichen können. Und jetzt ist es ja auch nicht mehr so gefährlich."

„Das ist wahr. Wenn schon etwas an die Öffentlichkeit gelangt wäre, dann wüssten wir das inzwischen. Oder wie ist das bei euch in Deutschland mit der Presse?"

„Doch, doch, das hätten wir ganz bestimmt erfahren. So etwas wird hier bei uns gleich ganz groß aufgemacht."

„Na, dann will ich mal einstweilen beruhigt sein. Nicht, dass das dein Verdienst wäre! Wir haben da wohl einfach Glück gehabt."

„Glück gehört auch dazu. Das Glück des Tüchtigen nennen wir das dann."

„Des Tüchtigen? Dann hast du wohl eher einen Schutzengel."

„Ich bitte dich! Wir haben wirklich unser Möglichstes getan. Und wer weiß, vielleicht haben ja unsere Aktivitäten dazu geführt, dass keiner mit seiner Ware in die Öffentlichkeit gegangen ist?"

„Das, mein Lieber, ist reines Wunschdenken, und du weißt das. Aber egal. Wie geht es jetzt weiter?"

„Jetzt warten wir auf das Wochenende und den Beginn des europäischen Gipfeltreffens ..."

„Moment!", wurde Friedhelm unsanft unterbrochen. „Achte doch bitte besser auf deine Wortwahl."

„Was hab ich denn ... oh. Entschuldige bitte."

„Nichts passiert. Hoffentlich. Also, du wolltest von deinem – äh – Familienfest erzählen?"

„Ja – wie sag ich das jetzt – also, wir haben hier genug Verpflegung, denke ich. Auch wenn es nicht ganz so viel ist, wie wir geplant haben, aber es dürfte trotzdem reichen. Mehr werden wir nicht brauchen."

„Und wann wird die Verpflegung an den – den Veranstaltungsort gebracht werden?"

„Samstag, am frühen Nachmittag. Wir werden dort schon erwartet. Die Verteilung ist auch bereits organisiert."

„Dann müssen wir jetzt noch anderthalb Tage ohne öffentlichen Skandal durchstehen. Schaffen wir das?"

„Oh, da bin ich sehr zuversichtlich. Selbst wenn jetzt noch etwas in die Öffentlichkeit dringen sollte, dann würde die Zeit doch nicht mehr ausreichen, um es noch zurückverfolgen zu können."

„Wirst du die Verpflegung selbst überbringen?"

„Ich werde zumindest dabei sein. Wir werden früh genug aufbrechen, für den Fall, dass es Demonstrationen gegen den Gipfel gibt."

„Dann wünsche ich dir viel Erfolg!"

„Den werden wir haben. Die Sache wird Wellen schlagen, wie du sie noch nicht erlebt hast. Europa wird uns in die Hände fallen wie ein reifer Apfel."

„Ist gut jetzt", sagte der Anrufer und legte auf. Manchmal, fand er, redete Friedhelm zu viel. Darüber würde man noch nachdenken müssen, später. Wenn die Aktion gelaufen war.

# Freitag

Weder die modernen Insignien eines höheren Standes noch die offensive Zurschaustellung ihrer weiblichen Reize hatten den Ladenbesitzer sonderlich beeindruckt – obwohl er beides durchaus zur Kenntnis genommen hatte, und zwar durchaus auch wohlwollend. Deshalb stand Luisa, recht unerwartet, vor der ewig weiblichen Frage: Was soll ich anziehen?

Sie entschied sich dafür, auf Kumpel zu machen. Offen und ehrlich – oder zumindest mit dem glaubhaften Anschein davon – kam man bei diesem Typ wahrscheinlich am weitesten.

Den ganzen Tag hatte sie damit verbracht, in den Boutiquen der Oberstadt nach etwas zu suchen, was einem fröhlichen Sommerkleid so nahe wie möglich kam. Das war kein einfaches Unterfangen Anfang Dezember, inmitten von Weihnachtseinkäufern, doppelt aggressiver Werbung, plärrenden Kindern, festlicher Beleuchtung und gefühlten drei von allen Seiten ununterbrochen wiederholten Weihnachtsliedern.

Aber sie war fündig geworden. Ein weiter Rock im Fünfziger-Jahre-Stil, wie ihn die Mädchen in des Ladenbesitzers früher Kindheit getragen haben mochten, und

91

ein klassisches Shirt hatte sie gekauft; etwas zu brav und handzahm für ihren Geschmack, aber es mochte seinen Zweck erfüllen. Dazu trug sie zu allem Überfluss auch noch flache Ballerinas, um dem Ladenchef auf Augenhöhe zu begegnen. Es blieb ihr nichts anderes übrig, als noch ein paar wirklich ausgefallene Accessoires zu kaufen, um den Gesamteindruck zu retten und sich halbwegs wohl in diesem hausbackenen Outfit zu fühlen.

Die Rechnung war aufgegangen. „Sagen Sie Luisa zu mir", hatte sie gesagt, als er aufgestanden war, um ihr die Hand zu schütteln. Er hatte ihr erklärt, er hieße Rolf.

Und nun saßen sie da und hatten ihre Getränke bestellt.

„Welch ein schönes Lokal", sagte Luisa.

„Ja, nicht wahr? Hier hat der Chef meine gesamte Belegschaft zum Essen eingeladen. Hinterher hat er gesagt, er hätte nicht geglaubt, dass es so etwas in einer so kleinen Stadt gibt."

„Der Filialleiter? Ich habe ihn kennengelernt. Er hat mich an Sie verwiesen."

„Nein, nicht der Filialleiter! Der Deutschlandchef, von ganz oben. Das heißt, der Filialleiter war natürlich auch da. Die Filiale war mit drei Häuptlingen vertreten, die alle mal mit dem Chef zu Abend essen wollten. Und die sich übrigens alle drei selbst eingeladen hatten und alle Krawatten in den Firmenfarben trugen."

Luisa lachte. „So ungefähr hatte ich ihn auch eingeschätzt", sagte sie. „Aber wie ist der Deutschlandchef auf die Idee gekommen, Ihre Belegschaft einzuladen?"

„Das war eigentlich eine Wette. Die hatten doch vor ein paar Jahren dieses neue Konzept für die Minimärkte entwickelt, und meinen haben sie als Versuchskaninchen ausguckt. Damals hatten wir jede Menge hohe Tiere zu Besuch, unter anderen auch den Deutschlandchef. Mit dem hab ich mich unterhalten, wie sich der ganze Umbau wohl auf die Einnahmen auswirkt. Ich hab gesagt, ich rechne mit einem Plus von acht Prozent, und da hat er gemeint: ‚Wenn Sie das schaffen, dann lade ich Sie mit Ihrer ganzen Belegschaft zum Essen ein‘. Natürlich hatte er das zwischendurch vergessen, aber als es dann so weit war, da hab ich ihn dran erinnert. Und er hat sich dann auch nicht lumpen lassen. Wir hatten einen schönen Abend, fand ich."

Luisa registrierte mehrere Dinge. Zum einen, dass dieser kleine Ladenbesitzer mit seinem deutschlandweiten Chef von gleich zu gleich umging; zwar nicht respektlos, aber auch nicht devot. Dass er sich nicht scheute, ihn an eine verlorene Wette zu erinnern. Dass er Humor hatte. Und dass ihm seine Verkäuferinnen am Herzen lagen.

Der Mann gefiel ihr immer besser. Sie freute sich schon auf den restlichen Abend, wenn erst einmal dieser leidige Auftrag abgehandelt sein würde.

Aber es sollte anders kommen.


Rolf will's wissen

Luisa studierte die Speisekarte. „Was meinen Sie, was wollen wir essen?", fragte sie ihren Begleiter.

„Ich fürchte, ich kann so lange nicht bleiben", antwortete Rolf.

Sie sah ihn entsetzt an. „Aber warum denn nicht? Ich dachte, wir sind hier zum Essen verabredet!"

„So gerne ich das möchte – aber ich bin schon verabredet. Ich esse zuhause."

„Bei Ihrer Frau?" Sie hatte keinen Ehering bemerkt.

„Nein, bei meiner Mutter."

„Sie besuchen Ihre Mutter? Wie süß. Nein, davon kann ich Sie natürlich nicht abhalten."

. „Sie verstehen nicht. Ich lebe bei meiner Mutter. Und meinem Vater. Also bei meinen Eltern."

Luisa starrte ihn fassungslos an. „Sie leben bei Ihren Eltern?! Ja, warum um alles in der Welt das denn?"

„Es ist mein Elternhaus? Ich werde es erben?" Rolf verstand ihre Verwunderung nicht. „Ich komme vom Dorf", erklärte er. „Da bewohnt man Häuser mehrere Generationen lang. Wir haben bei uns noch nicht die Wegwerfgesellschaft, wissen Sie. Außerdem werden meine Eltern auch nicht jünger, und irgend jemand muss schließlich da sein."

„Ach, wie schade", meinte Luisa, und als Rolf sie verständnislos ansah, fügte sie hinzu: „Unterschiedliche Lebensentwürfe. Da kann man wohl nichts machen."

Andererseits, dachte sie dann – was interessierten sie unterschiedliche Lebensentwürfe? Schließlich war sie nicht auf der Suche nach einem Mann für's Leben. Für ein paar Wochen Urlaub unter Palmen würde er sich wohl von seinem Elternhaus und seiner Mutter losreißen können.

Lebte bei seinen Eltern! Dass es so etwas noch gab. Anscheinend waren diese kleinen Dörfer doch eine völlig andere Welt.

„Wenn Sie mir jetzt einfach mal kurz erklären würden, was Sie eigentlich von mir wollen?"

Luisa seufzte. „Das hätte ich Ihnen wirklich gern bei einem guten Essen zwischen Vorspeise und Haupt-gericht erklärt. Es ist ein wenig delikat, wissen Sie ..."

„Ja, das haben Sie mir gestern schon erzählt. Ich wüsste nun aber wirklich allmählich gerne mal, worum es eigentlich geht."

Luisa lehnte sich über den Tisch und sprach leise in sein Ohr. „Da gab es doch am Montag diese Rückruf-aktion mit den Orangen aus Kolumbien."

„Kann sein. Ja, da war was. Weshalb, war irgend etwas damit nicht in Ordnung?"

„Ich sag es mal so: In Ihrer Rücksendung haben fünfzig Kilo gefehlt. Und nun fragen wir uns natürlich, wie Sie die in Ihrem kleinen Laden in so kurzer Zeit verkauft haben wollen."

Luisa hatte das Gesicht des Ladenbesitzers sehr aufmerksam beobachtet. Es war kein Erschrecken zu erkennen gewesen, keine Andeutung von Schuldbewusstsein oder des Gefühls, ertappt worden zu sein. Womöglich hatten Siegfried und Roy tatsächlich recht und dieser Mann hatte wirklich nichts damit zu tun?

Aber er war ihre einzige Spur. Was sollte sie jetzt anfangen, wenn diese Spur sich als nutzlos erwies?

„Haben Sie eine Ahnung, wo all diese Orangen hingekommen sein können zwischen dem Auspacken und dem Rückruf?"

Rolf zuckte die Schultern. „Nein, das ist mir auch nicht so ganz klar. Normalerweise verkaufen wir so viel Obst über den ganzen Tag verteilt. Aber warum ist das so wichtig? Was war mit den Apfelsinen los? Auf dem Rückruf-Fax hat nichts weiter gestanden, soweit ich mich erinnere."

Luisa lehnte sich noch ein wenig weiter ihm entgegen und sprach noch ein wenig leiser. „Mit den Orangen selbst war im Grunde überhaupt nichts. Aber es waren in den Obstkisten außerdem auch noch Plastiktüten versteckt. Es fehlen also im Grunde nicht die Orangen in Ihrer Rücksendung, sondern die entsprechende Menge an weißem Pulver, wenn ich das mal so gerade heraus sagen darf."

Rolf starrte sie an. Es geschah selten, dass ihm etwas die Sprache verschlug. Normalerweise fiel ihm immer noch etwas ein. Aber heute nicht.

Luisa lehnte sich wieder zurück, nahm die Speisekarte auf und meinte: „Wollen wir nicht vielleicht doch etwas zusammen essen auf den Schreck?"

Der Ladenbesitzer schaltete sein Handy ein und rief seine Mutter an. „Ich sitze hier noch mit einem Lieferanten fest", erklärte er. „Ich komme heute nicht zum Essen nach Hause. – Nein, wir essen zusammen. – Ja, in der Burgruine. – Vielleicht kannst du es einfrieren? – Nein, ich weiß noch nicht, wie lange es dauert. – Bis dann."

Mit Interesse hatte Luisa zur Kenntnis genommen, dass er die weibliche Endung weg- und seine Mutter in dem Glauben gelassen hatte, er speise mit einem Herrn. Ganz so dicke schien er mit seinen Eltern denn doch nicht zu sein, wie er behauptet hatte. Ja, dieses Ding mit Eltern und erwachsenen Kindern hatte seine Tücken, ob in der Stadt oder auf dem Dorf. Sie hatte es sich doch gleich gedacht. Und leise lächelnd vertiefte sie sich in die Speisekarte.

Rolf nahm das Gespräch wieder auf: „Und jetzt meinen Sie, ich hätte da was unterschlagen?"

„Ich bin mir sicher, dass Sie das nicht getan haben. Sonst hätten Sie anders reagiert, als ich Ihnen die ganze Geschichte erzählt habe. Wollen wir nicht erst einmal zumindest eine kleine Vorspeise zu uns nehmen?"

„Ich verstehe nicht, wie Sie in einer solchen Situation an Essen denken können."

„Nun ja, sehen Sie es so: Ich habe in den letzten Tagen Zeit genug gehabt, mich an den Gedanken zu gewöhnen. Nun möchte ich Ihnen auch ein bisschen Zeit geben. Sonst unterhalten wir uns doch auf ganz unterschiedlichen Ebenen, Sie aufgeregt und beunruhigt und ich nicht, oder?"

„Wie soll man da nicht aufgeregt und beunruhigt sein, wenn man so etwas hört!"

„Eben. Und deshalb essen wir jetzt erst einmal etwas."

Es blieb ihm nichts anderes übrig; Rolf musste sich fügen. Und im Grunde hatte sie ja auch recht. Es war schon immer besser gewesen, etwas mit ruhigem Gemüt zu verhandeln. Auch wenn er noch nie etwas dermaßen Haarsträubendes zu verhandeln gehabt hatte. Aber eines musste er denn doch noch wissen: „Und Sie sind sich sicher, dass diese bewussten Tüten in meinem Laden verschwunden sind?"

„Im Prinzip, also so ganz theoretisch jetzt mal, wäre es auch noch möglich, dass jemand in der Filiale die Tüten aus der Lieferung an Sie rausgenommen hat und aus den Kisten für alle anderen Ladenbesitzer nicht. Und dass Sie fünfzig Kilo zu wenig bekommen haben, ohne dass es irgend einer gemerkt hat. Wenn Sie das beides annehmen wollen – nein, dann kann es auch anders gewesen sein. Wenn Sie das aber für unwahrscheinlich halten, vor allem auch noch in der Kombination – doch, dann spricht einiges dafür, dass irgendwo in Ihrem Laden ein Loch ist. Sozusagen."

„Die nächste Frage wäre dann nur noch: Wer hatte Zugang zu der Lieferung", meinte Rolf versonnen. Luisa nickte enthusiastisch. Jawohl! Er hatte seinen Schock überwunden und fing an, mitzudenken!

„Also an dem Container war nichts ungewöhnliches. Das hätte ich gemerkt. Wir können also schonmal davon ausgehen, dass die Kisten unberührt in meinen Laden gekommen sind. Und da ..."

Rolf stockte. Luisa versuchte ihn aufmunternd anzusehen. Es half nichts, er schien in Gedanken versunken. Offenbar gefiel ihm nicht, was er da dachte.

„Nein", sagte er schließlich, „man soll keinen verdächtigen, wenn man nicht den geringsten Anhaltspunkt hat. Also andersrum: Wer hat so viele Apfelsinen gekauft, dass kein Mensch die fünfzig Kilo vermisst hat? Und das werden wir jetzt mal feststellen."

Luisa applaudierte ihm in Gedanken, sagte aber nichts, um ihn nicht zu unterbrechen.

Rolf griff wieder zu seinem Handy. Er war sich nicht mehr ganz sicher, wer für die Kasse zuständig gewesen war, aber das würde sich ja herausfinden lassen.

„Anna? - Ja, Rolf hier. Entschuldige die Störung, aber hast du am Montag Vormittag an der Kasse gesessen? - Nein, ich war mir nicht mehr ganz sicher. Hör mal, was ich fragen wollte: Hat irgend jemand auffällig viele Apfelsinen gekauft? - Es ist alles in Ordnung, es geht nur um die Rückrufaktion. - So. Aha. Und wen hast du da für eine Pause abgelöst? - Vielen Dank, du hast mir sehr geholfen. Schönen Abend noch! - Ja, danke. Bis dann!"

„Ich habe es befürchtet", murmelte er, „aber ich hatte gehofft, ich hätte mich geirrt."

Inzwischen war die Bedienung an ihren Tisch gekommen und er hatte geistesabwesend eine Pilzsuppe bestellt und ein Steak. Luisa hatte sich bei der Auswahl ihres Essens etwas mehr Mühe gegeben und war gespannt, wie das Ergebnis ausfallen würde.

„Ich muss noch einmal telefonieren", sagte Rolf und führte ein ganz ähnliches Gespräch mit einer Frau, die er als Marlies ansprach.

„Die Lehrlinge. Sie waren es tatsächlich alle beide", meinte er; und danach, was ungewöhnlich für ihn war, sagte er nichts mehr, bis seine Suppe gebracht worden war und er sie aufgegessen hatte. Auch Luisa schwieg taktvoll und ließ ihn mit seinen Gedanken allein. Sie fand ihren Vorspeisenteller etwas rustikal, aber sehr lecker; und sie sah derzeit keinen Grund, ihn nicht angemessen zu genießen.

„So", sagte er dann und schob seine Suppentasse zurück, „dann wollen wir mal."

„Wen genau meinen Sie mit alle beide?", fragte Luisa, aber Rolf antwortete nur: „Warten Sie's ab. Ich werd die beiden Helden hierherbestellen. Oder haben Sie etwas dagegen?"

„Nein, nein, keineswegs! Ich bin ja schließlich auch neugierig, wie die Geschichte ausgeht. Seit Tagen suche ich nach den Tüten, da werde ich mir doch das Ende nicht entgehen lassen!"

Luisa, ermahnte sie sich selbst, du musst aufpassen. Dieser Mann ist im Stande und übernimmt die Initiative. Lass dir nicht das Heft aus der Hand nehmen! Schließlich willst du den Stoff für den Don und nicht für die Polizei.

## Zum Chef zitiert

Am anderen Ende der Stadt saßen an diesem Abend zur gleichen Zeit Daniel, Mahmut und Janina in einer Kneipe zusammen und brüteten über ihrer Interessentenliste. Die Angebote fand Janina etwas enttäuschend. Im Internet hatte es geheißen, für ein Kilogramm Kokain bekäme man derzeit 80 000 Euro; aber als hätten sie sich miteinander abgesprochen, hatten ihre Interessenten beide nur jeweils 30 000 Euro angeboten. Und Dimitrij hatte sich überhaupt nicht mehr bei ihr gemeldet. Auch von Daniels Favoriten, dem Bio-Dealer, war kein Angebot eingegangen. Es war also wohl anzunehmen, dass Rockbar und Paradise sich hinter den beiden Bietern versteckten.

Die Entscheidung fiel den dreien nicht leicht. Die Liste der Nachteile war für beide Interessenten praktisch identisch: Man wusste nicht, ob man den Brüdern trauen konnte. Würden sie den vereinbarten Preis überhaupt zahlen oder würden sie versuchen, drei ausgewiesene Laien über den Tisch zu ziehen? Wie sollte die Übergabe vonstatten gehen? Außerdem war zu bedenken, dasss man in der selben Stadt lebte und, wie Janina sagte, der Teufel ein Eichhörnchen ist – was immer das auch heißen mochte. Wahrscheinlich, dass man sich eines Tages möglicherweise wieder über den Weg laufen konnte.

Ein professioneller Dealer aus einer weit entfernten Stadt, womöglich auch noch mit einem besseren Angebot, das erschien ihnen allen als die beste Option; und sie hatten das Prepaid-Handy zwischen sich auf den Tisch gelegt und und warteten hoffnungsvoll auf sein Klingeln.

Was dann aber klingelte, war Daniels privates Handy. Die anderen beiden sahen interessiert zu, wie er zuerst blass und dann rot wurde, nachdem er den Anruf angenommen hatte.

„Der Chef will uns sprechen", sagte er anschließend zu Mahmut. „In dem Restaurant an der Burgruine, wo wir mit dem Oberhäuptling waren. Und er sagt, es geht um die Apfelsinen."

„Oh, Scheiße", sagte Mahmut aus vollem Herzen, und Janina fragte: „Soll ich mitkommen?"

„Wenn du das machen würdest? Ich meine, du hast ja eigentlich gar nichts mit der Geschichte zu tun. Aber er würde bestimmt weniger schimpfen, wenn du dabei wärst."

„Ich hab sehr wohl mit der Geschichte zu tun. Und ich komme auf jeden Fall mit."

„Und er wird uns auf jeden Fall den Kopf abreißen", prophezeite Daniel düster. „Das hat uns genau noch gefehlt. Ich hab doch gleich gesagt, das kann nicht gutgehen."

„Olle Unke", murmelte Mahmut, aber er tat es mit wesentlich weniger Überzeugungskraft als bisher. „Möchte bloß mal wissen, wie er darauf gekommen ist. Das geht nicht mit rechten Dingen zu, ich sag's euch."

„Na, denn mal los!", rief Janina munter und packte das Prepaid-Handy in ihre Tasche. Die beiden anderen folgten ihr mit gesenkten Köpfen und wesentlich weniger Schwung aus dem Lokal und zu Daniels Auto.

## Feste Ansichten

Inzwischen versuchte Luisa zu ergründen, mit welchen Gefühlen der Ladenbesitzer dem Rauschgifthandel gegenüberstand und zu welchen Kompromissen er möglicherweise zu bewegen wäre. Er erwies sich zu ihrem Bedauern als wenig flexibel.

„Nun müssen Sie mir aber noch verraten, wie Sie überhaupt zu diesem Wissen gekommen sind", hatte er gesagt.

Au weh; das war der schwache Punkt in ihrer Geschichte, Luisa wusste es wohl.

„Um genau zu sein, bin ich im Auftrag des Eigentümers unterwegs. Er möchte, dass ich ihm seine Ware wiederbeschaffe."

„Als ob so etwas einen legalen Eigentümer haben könnte!"

„Nun ja – mein Klient hat es bestellt und bezahlt, die Bauern haben es angebaut und die Produzenten haben es geliefert. Das unterscheidet sich alles in allem nicht sehr von dem Geschäft, das Sie betreiben."

„Mit dem kleinen, aber wichtigen Unterschied, dass mein Geschäft legal ist und ich keine verbotenen Substanzen verkaufe."

„Verbessern Sie mich, wenn ich mich irre – aber mir ist, als hätte ich in Ihrem Laden Alkohol und Zigaretten gesehen. Verkaufen Sie die guten Gewissens?"

Rolf musste lachen. „Zigaretten eher widerstrebend", musste er zugeben.

„Und Alkohol? Meinen Sie nicht, Sie haben auch Alkoholiker unter Ihren Kunden?"

„Doch, die habe ich, ganz zweifellos. Sie kommen morgens mit zitternden Händen, bringen Tüten voller Pfandflaschen und klauen wie die Raben."

„Und da haben Sie kein schlechtes Gewissen bei?"

„Eigentlich nicht. Mein Geschäft ist legal, und das sind alles erwachsene Menschen."

„Ach ja, erwachsene Menschen. Wie viele Gesetze gibt es nicht, um erwachsene Menschen davon abzubringen, gefährlich zu leben. Sind Sie noch nie bei Rot über eine Fußgängerampel gegangen? Oder Auto gefahren ohne Sicherheitsgurt? Alles verboten. Demnächst schreibt man uns noch vor, wie viel Obst und Gemüse wir essen müssen."

„Hören Sie auf. Ich weiß, worauf Sie hinauswollen, und es funktioniert nicht. Meinetwegen sollen sich erwachsene Menschen selbst umbringen, ich verurteile keinen deswegen; aber ich will einfach nicht daran beteiligt sein, verstehen Sie?"

Schwierig. Sie würde es irgendwie anders versuchen müssen. Offenbar war ihr ein Fehler in ihrer Planung unterlaufen, was selten genug vorkam: Sie hatte sich so darauf konzentriert, die Ware zu finden, dass sie nicht genügend über die darauf folgenden Schritte nachgedacht hatte.

„Dann erwarten wir jetzt also die Jungs", sagte sie. „Wir sollten aber auch rechtzeitig überlegen, wie wir dann weiter vorgehen wollen."

„Wie meinen Sie das denn?"

„Na ja – sie werden ja wohl Ihre Mitarbeiter nicht der Polizei ausliefern wollen? Schließlich ist so etwas eine Versuchung, der sind schon ganz andere erlegen. Und es würde ihr ganzes Leben verderben, nur wegen so einer verständlichen Jugendsünde."

„Aber wenn ich sie nicht der Polizei übergebe – wie erkläre ich denen dann die Ware, wie Sie es nennen?"

„Eben. Genau das ist der Punkt. Wir müssen da jetzt irgendwie zu einer einvernehmlichen Lösung kommen."

Und wenn das nicht möglich war, dann würde sie aus den Verkäufern schon herausholen, wo sie den Stoff hingebracht hatten, und würde ihn sich irgendwie unter den Nagel reißen. Notfalls würde sie sogar dafür bezahlen.

## Die Kopfwäsche

Unterhalb der Burgruine, vor dem gleichnamigen Restaurant, parkte neben Luisas elfenbeinfarbenem Phaeton Rolf' dunkelblauer Fiat Doblo – ein Auto, mit dem er seinen Hund transportieren, über Feldwege fahren, im Großhandel einkaufen und Ware an ältere Kunden ausliefern konnte. Als Angeberschlitten eignete er sich nicht.

Daniel hatte seinen Kleinwagen dazugestellt.

Mit hängenden Köpfen waren die beiden Lehrlinge in das Restaurant hereingetrottet und hatten sich mit an den Tisch gesetzt. Janina hatte sich ebenfalls einen Stuhl herbeigezogen und saß daneben, so forsch es ihr eben möglich war.

„Was um alles in der Welt habt ihr euch dabei gedacht?", fragte Rolf.

Mahmut sah Daniel hilfeflehend an. Der begann zu erklären, wie sie die Tüten gefunden hätten und welche Sorgen sie sich gemacht hätten, der Laden würde in die größten Schwierigkeiten geraten, wenn das herauskäme.

„Und warum habt ihr nicht sofort und auf der Stelle die Polizei angerufen?"

„Mahmut meinte, dann sind wir tot."

„Wieso das denn?"

„Naja – solche Mengen – ich meine, die gehören doch irgendwem, und das ist bestimmt kein freundlicher Mensch und sieht es auch bestimmt nicht gerne, wenn man ihn an die Polizei verrät. Ich meine ...“, schloss Daniel lahm.

„Mahmut hätte ich das eventuell auch noch zugetraut. Aber dich, Daniel, dich habe ich wirklich für vernünftiger gehalten.“

„Ich war so überrascht – und es musste doch auch alles so schnell gehen – und nachher war es dann zu spät.“

„Wieso das denn?“

„Ja, wie hätten wir denn die Polizei noch rufen können, als die Tüten gar nicht mehr in den Orangenkisten lagen? Wir hatten sie ja gleich als erstes raussortiert, nicht wahr, und dann waren unsere Fingerabdrücke drauf, und wer hätte uns dann noch glauben sollen?“

„Daniel. Meinst du wirklich, die Polizei hätte angenommen, dass ihr fünfzig Kilo Kokain besitzt und dann selber anruft, damit sie euch eure eigene Ware beschlagnahmen?“

„So gesehen – aber ich hab es nicht so gesehen. Ich war einfach nur verwirrt.“

„Und geldgierig.“

„Am Anfang nicht. Da hab ich an das Geld gar nicht gedacht. Das war erst später.“

Rolf holte tief Luft. Er würde in diesem Restaurant niemanden anbrüllen, und allzu laut über Kokain zu reden, verbot sich ebenfalls. So war seine Stimme zwar leise, aber sie war trotzdem scharf. „Ihr mögt zwar Herzen aus Gold haben“, sagte er. „Aber ansonsten seid ihr die beiden größten Trantüten, die die Welt je gesehen hat.“

Janina begann hemmungslos zu kichern. „Gold in Trantüten!“, japste sie.

„Und was hattet ihr jetzt weiter vor?", fiel Luisa mit ihrer sanftesten Stimme ein.

„Wir haben zwei Interessenten", erklärte Janina, jetzt wieder in ihrem Element. „Heute Abend wollen wir uns für einen davon entscheiden und ihn anrufen. Wir wollten grade ausknobeln, wie wir das mit der Übergabe machen."

„Kommt überhaupt nicht in Frage", sagte Rolf.

„Aber irgendwo muss das Zeug doch hin", hielt ihm Luisa entgegen.

„Und wenn wir's verkaufen, ist es weg", trug Mahmut bei.

„Das kommt nicht in Frage, hab ich gesagt."

„Und es dem - ähm - ursprünglichen Besitzer zurückzugeben?"

„Das kommt ebensowenig in Frage. Verstehen Sie doch, Luisa, ich könnte nachts nicht mehr schlafen. Wenn ich denken müsste, dass dieses - Zeug, wie Sie sagen, irgendwo auf den Straßen an unschuldige Jugendliche verkauft wird, und ich hätte es verhindern können ..."

Luisa seufzte. Offenbar bezog er seine Informationen aus dem Fernseher.

In diesem Moment klingelte in Janinas Tasche das Prepaid-Handy.


Gift


„Manche Probleme lösen sich von selbst", sagte Janina und ließ das Handy sinken. Als die anderen sie verblüfft ansahen, fügte sie schnell hinzu: „Dimitrij lässt fragen, ob er vorbeikommen darf. Er würde uns gerne etwas sagen. Es betrifft die Verkäuflichkeit unserer Ware." Und erschüttert sagte sie noch: „Das Koks ist vergiftet."

„Wie will der das denn wissen?", fragte Mahmut aggressiv.

„Ich habe ihm eins von den Probetütchen gegeben. Zum Testen. Wofür sie ja auch gedacht waren!" Janina verteidigte sich, obwohl niemand sie angegriffen hatte. Von dem Essen im Tennisverein hatte sie den anderen nichts erzählt.

„Er soll vorbeikommen", sagte Rolf. Anschließend ging er zur Bar, um nachzufragen, ob man nicht ein ruhiges kleines Nebenzimmer habe, in dem er sich mit seinen Gästen unterhalten könne.

„Ja, und wie soll das jetzt vergiftet sein? Das ist doch nicht möglich, da war doch keiner dran!"

„Mahmut, ich weiß es doch auch nicht. Ich weiß nur das, was er mir erzählt hat, und das hab ich euch genau so weitererzählt."

„Wer ist Dimitrij?", fragte Luisa.

Sie ließ sich die ganze Geschichte der vergeblichen Käufersuche erzählen und lachte Tränen. Rolf fand das Ganze weniger lustig. „Es hätte euch sonstwas passieren können!", sagte er.

Er war nur froh, dass sie jetzt in einem abgeschiedenen kleinen Raum saßen und keiner sie mehr hören konnte. Jetzt würde alles darauf ankommen, was dieser Dimitrij zu erzählen haben würde, wer immer das auch sein mochte.

„Ihr könnt euch nicht vorstellen, wie schlecht es mir gegangen ist", sagte Dimitrij, nachdem Janina ihn an der Eingangstür abgefangen, ins Nebenzimmer geleitet und an den Tisch gebracht hatte. Erschöpft ließ er sich auf einen Stuhl fallen. Er sah tatsächlich nicht besonders gut aus. „Mir war in meinem ganzen Leben noch nicht so elend. Ich hab Krämpfe gehabt am ganzen Körper, und es hat dermaßen wehgetan! Ihr würdet es nicht glauben."

„Und wie kommen Sie darauf, dass Ihre Krämpfe etwas mit unserem Kokain zu tun haben könnten?", fragte Luisa vorsichtig nach.

„Na ja, ich hab gleich was probiert, als ich es bekam. Nur sehr wenig, ich wusste ja nicht, wie weit es schon verschnitten ist. Und im Taxi auf dem Weg nach Hause ging es mir schon nicht gut. Der Rücken steif wie aus Stein gehauen, dafür die Arme und Beine am Zucken wie blöd, schwindlig war mir – also normal ist das nicht. Und auch sonst – ich meine, dass man schonmal mehr mitkriegt als sonst, das kennt man ja. Aber gestern Abend, das war denn doch eindeutig übertrieben. Dermaßen knallige Farben seh ich sonst nicht. Und daheim kriegte ich dann den ersten Krampfanfall, auch wenn er nur kurz war. Himmel, was tat das weh."

„Nun weiß ich aber immer noch nicht, wie Sie da jetzt auf unser Kokain gekommen sind."

„Bin ich ja zuerst auch gar nicht. Erst beim zweiten Mal."

„Dimitrij!", rief Janina erschrocken, „Du willst doch nicht etwa sagen, du hast das noch mal gemacht!"

„Ich hab das doch nicht gewusst! Ich dachte, vielleicht hilft es. Und beim zweiten Mal, da wurde es dann danach so richtig übel. Ich hab nur noch mit zugezogenen Vorhängen im Bett gelegen und immer auf den nächsten Krampfanfall gewartet. Ich konnte kein Licht mehr ertragen, kein Geräusch, nicht mal mehr einen Luftzug. Und ein Schmerz jedesmal, dagegen war der erste Krampf ein Kindergeburtstag. Ich habe Stunden hinter mir, davon macht ihr euch keinen Begriff."

„Strychnin. Das hört sich an wie Strychnin", sagte Rolf. Als die anderen ihn ungläubig anstarrten, fügte er hinzu: „Rattengift. Stadtleute denken oft, wenn man von Dorf kommt, wüsste man nichts. Man weiß einfach nur andere Dinge, das ist alles. Beispielsweise wissen wir, was in Rattengift drin ist und wie es wirkt."

„Aber ist das nicht verboten?"

„Inzwischen wahrscheinlich schon. Als ich ein Kind war, da gab es das noch, und deshalb weiß ich, wie die Ratten Krampfanfälle kriegten und am Ende eingingen. Und es passt auch dazu, dass es ein paar Minuten dauert, bis die Wirkung einsetzt. So Ratten sind schlaue Viecher. Wenn da eins beim Fressen tot umfällt, dann rühren die anderen den Köder nicht mehr an. Deshalb muss Rattengift immer mit einer gewissen Verzögerung wirken, anders geht das nicht."

Daniel schüttelte sich innerlich bei dem Gedanken an Ratten. Janina schien eher die Vorstellung zu erschüttern, es könne jemand so niedliche Tierchen vergiften wollen.

Mahmut waren Ratten im Augenblick vollkommen egal. Er sah seine hunderttausende von Euros dahinschwinden. Wenn Dimitrij recht hätte – nicht auszudenken. Da hatten sie die wunderschönsten Tüten voll mit der wundervollsten Ware, und dann konnten sie sie nicht verkaufen. Das Leben war ja manchmal so ungerecht!

„Ich glaube, er hat recht. Es ist Strychnin", sagte Dimitrij. Auch er musste sein Wissen erklären: „Wisst ihr, Fixer benutzen das manchmal, damit sie besser Luft kriegen. Was ich nicht wirklich verstehe; mir ist von dem Zeug auch ganz schön die Luft weggeblieben. Aber wer versteht schon Fixer. Jedenfalls kenn ich welche, und von daher kenne ich auch die Symptome."

Luisa, am Kopfende des Tisches, sah ein bisschen blass aus um die Nase. Tatsächlich jedoch, was man ihr nicht ansah, dachte sie angestrengt nach und spielte im Geiste alle Möglichkeiten durch, die sich jetzt darboten – angefangen von einer zufälligen Verunreinigung bei einer einzelnen Tüte, beispielsweise, wie Rolf gesagt hatte, durch Rattengift oder etwas ähnliches, über die Möglichkeit, dass die Kolumbianer das falsche Mittel zum Strecken des Kokains benutzt hatten oder vielleicht zu viel davon, bis hin zu einer absichtlichen, willkürlichen Vergiftung der gesamten Lieferung. In diesem Fall wäre dann die nächste Frage die, wer diese Vergiftung angeordnet, wer sie verursacht hatte, wer davon wusste und wer mit wem wie verbandelt oder verfeindet war.

Auf jeden Fall würde sie Siegfried anrufen müssen.

## Luisas Verdacht

Erschüttert ließ Luisa das Handy sinken und schaute blicklos vor sich hin.

„Was ist los?", fragte Rolf.

Luisa wandte ihm langsam die Augen zu und sagte tonlos: „Er war nicht überrascht".

„Und, ist das gut?", fragte Janina.

„Das ist absolute Scheiße", antwortete Luisa. Das wirkte unpassend zu ihrem schicken Outfit, und Janina kicherte; aber jeder weniger kraftvolle Ausdruck wäre Luisa in diesem Moment vollkommen unangebracht vorgekommen.

„Was tun wir jetzt nur?", fragte sie, zum Teil an alle, zum Teil an Rolf gerichtet. „Ich sollte wahrscheinlich hinfahren und ..."

Sie verstummte, zum ersten Mal ratlos.

„Wir kommen mit", rief Janina.

„Kommt nicht in Frage", erwiderte Rolf.

„Aber warum denn nicht?"

„Ich lasse auf keinen Fall zu, dass ihr in so etwas hineingezogen werdet."

„Das sind sie wohl schon", meinte Luisa. „Allerdings sehe ich auch nicht, was sie für uns tun könnten."

„Ich bin raus", sagte Dimitrij. „Ich gehe wieder nach Hause und lege mich ins Bett."

„Und was machen wir jetzt mit unseren Interessenten?", fragte Daniel. „Die warten doch jetzt darauf, dass wir uns bei ihnen melden."

„Gebt mir die Telefonnummern und überlasst das mir", sagte Dimitrij. „Ich kümmere mich um die Interessenten, und ihr kümmert euch um den Rest."


Spitzelarbeit scheibchenweise

Dimitrij telefonierte mit seinem Kontaktmann bei der Polizei und erzählte ihm, wie er Wind bekommen habe von einem geplanten Drogendeal in ganz großem Ausmaß und wie er nichts unversucht gelassen habe, im Interesse seiner Auftraggeber, der Polizei, so viel wie möglich darüber herauszufinden. Es war eine Version, die sich in einigen Details von der wahren Geschichte unterschied. Auch kam keine Praktikantin darin vor.

„Wissen Sie, was ich grade vor meinem inneren Auge sehe?", fragte der Kommissar versonnen, als Dimitrij seine Geschichte beendet hatte. „Ich sehe einen einzelnen, hohen Baum auf einem Hügel im Mondlicht. Ich sehe von rechts und links zwei Motorradkonvois darauf zufahren, lauter gestandene Clubrocker in ihrer Kutte, bis an die Schneidezähne bewaffnet mit Spitzhacken und Schaufeln. Wenn sie oben angekommen sind und einander bemerken – ah! Dann geht es rund! Ach, was wär das schön, wenn sie sich so richtig gegenseitig fertigmachen würden und wir sie anschließend bloß noch einzusammeln brauchten."

„Ja, aber was würden sie dafür im Endeffekt kriegen?"

„Sie haben ja völlig recht. Ich sag ja, es ist bloß so ein Wunschtraum von mir. Man wird ja noch mal träumen dürfen!" Er seufzte tief. „Aber davon mal abgesehen – was haben wir? Sie haben bisher nichts weiter getan, als Interesse an dem Erwerb einer größeren Menge Kokain zu bekunden. Das ist noch nicht mal strafbar! Und dass wir beide Parteien dazu bewegen können, wirklich etwas zu kaufen – zumal wir ja auch erstmal einen glaubwürdigen Verkäufer finden müssten –"

„Einen unglaubwürdigeren Verkäufer als diese beiden jungen Burschen können Sie gar nicht auftreiben, und wenn Sie wochenlang suchen."

„Trotzdem. Für den Kauf gibt es nicht viel. Wenn wir ihnen Verkauf nachweisen könnten, das wäre etwas ganz anderes."

„Dann machen wir es doch noch anders. Ich kann versuchen, an die Telefonnummern dranzukommen, die beide Clubs angegeben haben."

„Telefonnummern, die wir noch nicht kennen? Die für ganz interne Angelegenheiten genutzt werden? Doch, das wäre tatsächlich ein Erfolg. Da könnten wir möglicherweise etwas mit anfangen."

„Dann machen wir es jetzt so?"

„Ist in Ordnung. Wir bekommen die Telefonnummern, und wenn doch noch etwas läuft, dann sind wir ganz dicht dran. Gute Idee, Dimitrij!"

Zufrieden mit sich und der Welt ging Dimitrij zurück in sein Bett, um die Folgen seiner Strychnin-Vergiftung wegzuschlafen. Mit den beiden Nummern hatte er ein Pfand in der Tasche, das seinen Lohn auf

Wochen hinaus rechtfertigen würde. In ein paar Tagen würde er sie dem Kommissar überreichen und eine lange Geschichte darum herum spinnen, wie schwer es gewesen sei, an sie heranzukommen. Und dann könnte er anschließend vielleicht sogar das vergiftete Kokain aufspüren. Jeder würde sagen, dass er seinen Lohn verdient habe.

Der letzte nächtliche Anruf

Diesmal war es Friedhelm selbst, der seinen Freund anrief. „Wir sind aufgeflogen!", schrie er ins Telefon.

„Nun mal sachte, sachte. Wer ist aufgeflogen und womit? Und achte bitte darauf, wie du dich ausdrückst."

„Ja, gut. Also, meine Assistentin hat eben angerufen. Sie hat die verschollene Ware tatsächlich aufgetrieben. Aber es muss schon etwas davon in Umlauf gekommen sein, und jetzt redet sie von Gift und will alles sicherstellen, ich weiß nicht, was sie sich da vorstellt, was sie tun will, jedenfalls sind wir aufgeflogen, und ich weiß nicht, was ich machen soll ..."

„Ruhig! Nun reg dich doch nicht so auf. Wo ist sie denn, deine berühmte Assistentin?"

„Wahrscheinlich noch in der Stadt, wo die Ware verlorengegangen ist. Also, das nehm ich jedenfalls an."

„Wie weit ist das von Frankfurt entfernt?"

„Mit dem Auto? Vielleicht eine gute Dreiviertelstunde. Bei Luisas Fahrstil eher weniger."

„Na, das lässt uns doch massenhaft Zeit. Weißt du, wo unsere Ware sich befindet? Kommst du da dran?"

„Ja, schon. Also im Notfall. Da hab ich für gesorgt."

„Und ein Notfall ist das jetzt. Also schnappst du dir ein paar Leute und schaffst das ganze Zeug da hin, wo es morgen sowieso hinsollte. Einfach alles nur ein paar Stunden früher, aber ansonsten wie gehabt. Kriegst du das hin?"

„Sicher doch." Friedhelm hörte sich schon wieder deutlich ruhiger an. „Doch, das schaffe ich. Dann leg ich jetzt mal los."

„Tu das. Und ansonsten läuft alles weiter nach Plan. Gutes Gelingen!"

„Danke."

Sofort anschließend telefonierte Friedhelm mit Siegfried und Roy und bestellte sie zu dem Lagerhaus, dessen Zweitschlüssel Luisa ihm dagelassen hatte. Es gebe dort nur etwas abzuholen und woanders hinzubringen, erzählte er ihnen. Eigentlich hatten die beiden nicht mehr für ihn arbeiten wollen, aber das erschien ihnen denn doch unverfänglich genug, und so stimmten sie zu.


Ein guter Rat von Siegfried und Roy

Ein unauffälliger weißer Lieferwagen hielt auf das Lagerhaus zu, in dem seit nunmehr fünf Tagen Kisten voller Orangen sicher eingeschlossen warteten. Gesteuert wurde er von Ronny, der vergnügt vor sich hin pfiff und an schnell verdientes Geld glaubte.

Auf der Autobahn raste zur gleichen Zeit ein cremefarbener VW Phaeton in Richtung Frankfurt. Janina und Mahmut genossen die Fahrt sehr, während Rolf und Daniel sich mit blassen Gesichtern an ihre Haltegriffe klammerten.

„Ich ruf da jetzt noch mal an", sagte Luisa und griff nach ihrem Handy. Rolf stöhnte.

„Wäre das nicht unklug? Ich meine, falls er doch was damit zu tun hat?", fragte Janina. Sie hatte die

Stimme der Vernunft übernommen, denn Rolf und Daniel hatte es vorübergehend die Sprache verschlagen.

„Ich bin ihm das schuldig. Wir sind Partner."

„Trotzdem ..."

Friedhelm fand es schwierig, seine Partnerin zu beruhigen. Es war nur zu offensichtlich, auch am Telefon, dass er in einem fahrenden Wagen saß. Er habe sich nur selbst vergewissern wollen, erklärte er ihr, vielleicht eine Probe nehmen und sie untersuchen lassen, es sei ja alles sehr vage gewesen, was sie ihm da erzählt habe. Natürlich sei er beunruhigt. Gerade deshalb habe er sich ja selbst vergewissern wollen. Was, sie sei unterwegs nach Frankfurt? Warum das denn, das sei doch nicht nötig, er habe hier doch alles im Griff. Sie bringe einen Ladenbesitzer mit? Und einen Teil seiner Belegschaft? Also ehrlich, Luisa, das finde er nun aber wirklich ein bisschen seltsam.

Ronny hatte Friedhelms Hälfte des Gespräches mitgehört. Das Telefonat war noch nicht beendet, da hielt der weiße Lieferwagen bereits am Straßenrand.

„Was ist denn jetzt los?", fragte Friedhelm. „Weiter, los! Wir haben es eilig!"

„Für uns ist der Auftrag hier an dieser Stelle beendet", erklärten Siegfried und Roy.

„Aber warum das denn? Ich bezahl euch doch gut, und es ist völlig ohne Risiko! Also praktisch so gut wie."

„Die einfache Tatsache ist die", erklärte Ronny, „dass wir nichts mit diesem Ladenbesitzer zu tun haben wollen und nichts mit seiner Belegschaft. Das ist ein Teufelsladen. Wenn wir Ihnen zum Abschied noch einen guten Rat mit auf den Weg geben dürfen: Lassen Sie die Finger davon. Wo die Leute aus diesem Laden mitmischen, da wird das nichts, glauben Sie uns. So, und nun raus mit Ihnen."

Es blieb Friedhelm nichts anderes übrig, er musste aus dem unauffälligen weißen Lieferwagen aussteigen und ihm nachsehen, wie er mit überhöhtem Tempo um die nächste Kurve bog. Dann stand er da, nachts allein mitten auf der Bockenheimer Landstraße; und er verstand überhaupt nicht, was plötzlich in Siegfried und Roy gefahren war. Wenn er es recht bedachte, waren sie die ganze Woche schon so komisch gewesen. Sie würden doch nicht etwa alt werden?

Aber viel wichtiger: Wo bekam er jetzt auf die Schnelle einen Lieferwagen und ein paar Helferhände her? Zuerst einmal brauchte er ein Taxi, und das zumindest war kein Problem.

## Die Ware ist geliefert

Als der cremefarbene Phaeton vor dem Lagerhaus anhielt und die Insassen ausstiegen, zum Teil mit zitternden Knien, da war es ringsum dunkel, ruhig und still. Kein Lüftchen regte sich, kein Hund bellte, kein Auto war zu hören und kein Mensch zu sehen. „Fast schon unheimlich", flüsterte Janina.

Aber es musste jemand hiergewesen sein. Der Lagerraum war leer.

Luisa pfefferte ihren Schlüsselbund auf den Boden und fluchte. „Dieser missratene Hund!", schrie sie, „Dieser ... dieser Hurensohn!"

Offenbar hätte sie gerne vor „Hurensohn" noch etwas kräftigeres eingefügt und hatte es eben noch runterschlucken können.

„Was tun wir?"

„Wo ist er hin?"

„Was machen wir jetzt?"

Alle fragten durcheinander, und keiner wusste eine Antwort.

In diesem Moment kam der Inhaber der Spedition in seinem blauen Lieferwagen angefahren. Luisa rannte sofort zu ihm hin.

„Der Lagerraum ist leer! Wissen Sie, wo unsere Sachen hingekommen sind?!"

„Aber die habe ich doch eben grade mit Ihrem Partner weggebracht! Hat er Ihnen das nicht erzählt?"

„Ach ja, natürlich. Entschuldigung."

„Und ich sollte keinem etwas davon sagen, das war doch richtig, oder?"

„Vollkommen richtig", beruhigte ihn Luisa, „das soll ganz unter uns bleiben, da haben Sie völlig recht. Und wo haben Sie die Ware nochmal hingebracht?"

„Na, ins Kongresszentrum doch. Zum Lieferanten-eingang. Es war ja für das internationale Gipfeltreffen bestimmt, nicht wahr? Und Sie haben es bei mir versteckt, damit keiner was drantut, Sprengstoff oder Wanzen oder sowas, nicht wahr?"

„Sie haben mich durchschaut", sagte Luisa lächeln. „Aber ich muss trotzdem noch mal hin, es muss noch eine Kleinigkeit geklärt werden. Wissen Sie noch, wem genau mein Partner das Obst übergeben hat?"

„Den Namen weiß ich nicht. Ihr Partner hat nur nach dem stellvertretenden Küchenchef gefragt. Aber es war so ein Großer, ziemlich dick und mit kurzgeschore-nen Haaren. Blond vermutlich."

Luisa seufzte. So sah ungefähr die Hälfte alle Köche aus. Aber sie bedankte sich trotzdem sehr herzlich und wechselte noch ein paar unverbindliche Worte. Es war immer gut, wenn man sich die Leute warmhielt, mit denen man arbeitete; gerade eben hatte sich das erst wieder gezeigt. Der Spediteur war mit ihr vertraut und mit Friedhelm nicht, und davon hatte sie profitiert.

„Hören Sie, Sie werden da nicht reinkommen", sagte er schließlich. „Das ganze Kongresszentrum wird bewacht wie Fort Knox. Ihr Partner ist auch nur reingekommen, weil dieser dicke Koch ihn kannte. Ich meine, er hatte ja noch nicht einmal einen Lieferschein dabei!"

„Ja, das ist einer der Gründe, warum ich nochmal hin muss."

„Sie werden gar nicht so weit kommen. Sie sehen ja auch nicht aus wie ein Lieferant, wenn ich das mal so sagen darf."

„Hören Sie, da hätte ich eine Idee. Was meinen Sie, könnten Sie mir vielleicht Ihren Lieferwagen leihen bis morgen früh?"

„Den können Sie haben, und meinetwegen auch übers Wochenende. Ich brauche ihn erst Montag wieder, und auch da nur vielleicht."

„Ich danke Ihnen. Das ist sehr nett von Ihnen, und Sie haben mir sehr geholfen."

„Jederzeit gerne!", sagte der Besitzer und lächelte geschmeichelt. Er war gut behandelt und gut bezahlt worden, und das ist eine unwiderstehliche Mischung.


Die Nacht vor dem Gipfeltreffen

Seit Tagen schon berieten im Kongresszentrum die Unterhändler. Die wichtigsten westlichen Industriestaaten waren vertreten, der Weltwährungsfonds, die Weltbank und Vertreter anderer großer Banken, letztere als externe Berater. Ihre Arbeit bildete den inoffiziellen Teil des Gipfeltreffens. Es ging um nichts weniger als die Stabilität des internationalen Geld- und Wirtschaftssystems.

Heute waren im Laufe des Tages Regierungschefs und Minister angereist, die derzeit in der Alten Oper zu einem Konzert mit anschließendem festlichem Bankett zusammensaßen. Morgen früh sollte mit einem Festakt in der Paulskirche das Gipfeltreffen offiziell eröffnet werden.

117

Den ganzen Samstag über würden Gespräche auf höchster Ebene und in wechselnden Konstellationen stattfinden, und am Sonntag sollte dann in einer feierlichen Schlusszeremonie eine gemeinsame Erklärung verabschiedet werden.

Inzwischen ging es auf Mitternacht zu. Die letzten Unterhändler hatten ihre Papiere zusammengepackt und das Kongresszentrum verlassen. Morgen würden ihnen ihre Chefs ohnehin alles um die Ohren hauen, woran sie seit Tagen gearbeitet hatten, und es würde ein sehr, sehr langer Tag werden, der vermutlich auch noch aus der Nacht und dem darauffolgenden Tag bestehen würde. Deshalb wollten sie heute noch einmal gründlich ausschlafen. Nur gut, dass man ihnen Stärkungsmittel in Aussicht gestellt hatte. Wenn sie auch nicht ganz legal waren, so waren sie doch bei solchen Gelegenheiten üblich und hochwillkommen.

Trotzdem lag das Kongresszentrum zu dieser Nachtstunde nicht still und verlassen da. Eine Horde von Reinigungskräften in hellblauen Overalls hatte sich darüber hergemacht, hatte leere Flaschen in Kisten und benutztes Geschirr in Körben gesammelt, jeden liegengebliebenen Fetzen Papier sorgfältig geschreddert, hatte Tische abgewischt und Fußböden gesaugt, dabei immer peinlich genau beobachtet von Mitarbeitern des Sicherheitsdienstes. Nicht einmal die Toiletten im Gästebereich hatten sie alleine aufsuchen dürfen; sie hatten im Bereich der hinteren Treppenhäuser auf die Toiletten für das Personal gehen müssen.

Anschließend waren die einzeln sicherheitsüberprüften Servicemädchen ausgeschwärmt, jede von ihnen mit einem deutlich sichtbaren Namensschild, und hatten sauberes Geschirr, Blumengestecke und volle Flaschen auf alle Tische gestellt. Morgen früh würden noch frischer

Kaffee und Tee, Kekse und Schalen mit Obst hinzukommen.

Der Hausmeister war mit dem Techniker des Sicherheitsdienstes ein letztes Mal die elektrischen Verbindungen in den Räumen durchgegangen, in denen morgen die hochrangigen Gäste Platz nehmen würden. Kein Mikrophon würde ausfallen, wenn es darauf ankam, jeder Laptop würde eine Steckdose finden, für jede mögliche Methode der Projektion war vorgesorgt. Nirgends war etwas versteckt, was da nicht hingehörte. Alles war gut.

In den Küchenräumen wurden eben die letzten Kaffeetassen des Abends in die Spülmaschinen geräumt. Vor den Hintertüren rauchten Küchenhilfen ihre Feierabendzigarette, während der Sicherheitsdienst sich auf eine lange, ereignislose Nacht gefasst machte. Natürlich würden die ganze Nacht über noch Lieferungen ankommen, schließlich sollte alles so frisch wie möglich sein. Jede einzelne davon würde man flüchtig kontrollieren müssen, in einigen Fällen würde man genauere Stichproben machen.

Es würden, wie immer, auch Protestdemonstrationen gegen das Gipfeltreffen stattfinden, aber die würden erst morgen beginnen. Einige Protestierer hatten angeblich Zelte vor der Deutschen Bank aufgeschlagen, aber die waren weit weg. Niemand rechnete in dieser Nacht mit Schwierigkeiten.

Niemand schenkte auch dem blauen Lieferwagen Beachtung, der vor dem Lieferanteneingang vorfuhr. Die beiden Männer, die ihm entstiegen, waren ganz offensichtlich ein Lebensmittelhändler und sein Lehrling.

Deutlich auffälliger war der cremefarbene Phaeton, der zum Haupteingang fuhr. Man erklärte der Fahrerin, dass alle Vordereingänge geschlossen seien; wenn sie etwas Unaufschiebbares zu erledigen oder zu besprechen habe, dann müsse sie sich zum Hintereingang bemühen, und das tat sie denn auch.

Neben dem blauen Lieferwagen, halb verdeckt von der offenen Fahrertür, stand Rolf mit einem Klemmbrett in der Hand, das zwischen den Sitzen gelegen hatte. Mahmut und er steckten die Köpfe zusammen und murmelten halblaut vor sich hin, als hätten sie etwas zu besprechen.

## Ablenkungsmanöver

Luisa schritt mit all ihrer Arroganz auf die Sicherheitskräfte zu, eine Sonnenbrille in der Hand, die sie am Bügel baumeln ließ, und verfluchte dabei im Stillen diese unkleidsamen Ballerinas. Was gäbe sie jetzt dafür, High Heels zu tragen und stöckeln zu können wie ein Model auf dem Laufsteg! Und dabei war es noch nicht einmal nötig gewesen, dachte sie. Rolf wäre es egal gewesen, wenn sie ihn um einen Kopf überragt hätte. Den Tellerrock fand sie auch nicht wirklich kleidsam. Was für ein Glück, dass sie wenigstens einen anständigen Blazer trug.

Aber in der Rolle, die sie zu spielen gedachte, durfte sie ruhig ein wenig exzentrisch gekleidet sein.

„Wir möchten hier morgen drehen", erklärte sie dem Stiernacken, der ihr den Zugang zu den Küchenräumen verwehren wollte. „Hintergrundinformationen, Human touch und dergleichen. Dies hier ist mein Beleuchter, der will sich die Gegebenheiten mal ansehen, damit er morgen gleich weiß, was er mitbringen muss. Meine Assistentin – Janina, um Himmels willen! Wie willst du dir Notizen machen, wenn du nichts zu schreiben mithast, Kind! Jetzt lauf und hol den Notizblock aus dem Handschuhfach, aber hopp hopp! Und demnächst denkst du selbst mal ein bisschen mit, wenn ich bitten darf, ja?"

Offenbar hat sie sich ein Vorbild an Glenn Close genommen, dem Teufel in Prada, dachte Janina, als sie grinsend zum Wagen zurücktrabte. Nun ja – wenn es half?

„Es ist unglaublich, wirklich, diese jungen Leute heutzutage", näselte Luisa ohne Pause weiter. „An alles muss man selbst denken. Also dies hier ist die Küche? Wenn Sie mich vielleicht begleiten möchten?" Sie warf einen Blick in den Gang und wartete offensichtlich darauf, dass der Stiernacken vorausging.

„Janina, Kind, wo bleibst du denn! Das kann doch nicht so schwer sein."

„Wenn ich vielleicht Ihre Akkreditierung sehen dürfte?" Der Stiernacken hatte eine kleine Atempause in ihrem Redeschwall ausgenutzt.

„Ach, mein Lieber, wo denken Sie denn hin! Wir kommen ja direkt vom Abendessen. Nein, nein, ich habe nicht mal meinen Journalistenausweis dabei!" Sie lachte perlend. „Wer nimmt auch schon so etwas zum Essen mit! Nein, das war eine ganz spontane Idee. Und sehen Sie, wir wollen ja auch nur einen ganz kurzen Blick auf die Küche werfen, nur mal sehen, wie es da aussieht und ob sich das überhaupt lohnt. Nicht aus jeder spontanen Idee wird später etwas Brauchbares, ach, was sag ich da, das wissen Sie ja sicher selber. Und sehen Sie, es ist mir schon klar, dass Sie uns nicht einfach so im Haus rumlaufen lassen können, und deshalb würde ich vorschlagen, dass Sie uns ein paar Schritte begleiten. Nun, was sagen Sie?"

Diese Frage stellte sie natürlich erst, als der Widerstand des Sicherheitsmannes schon fast gebrochen war.

„Sagen wir, für fünf Minuten? Wir schauen uns ganz kurz um, Sie lassen uns keinen Augenblick aus den Augen ...", wieder kicherte sie wie eine Frau, die jünger wirken möchte, als sie ist, „... und dann sind wir auch im Nu wieder weg. Ist das in Ordnung?"

Sie warf dem Mann einen letzten strahlenden Blick zu, wartete seine Antwort nicht ab und rief nach hinten: „Daniel, Janina, es geht los, hopp hopp! Auf geht's, dieser nette junge Mann hier hat nicht die ganze Nacht Zeit!"

Währenddessen hatten sich ein Lebensmittellieferant und sein Lehrling grinsend über ihren Redeschwall an ihr und dem Sicherheitsmann vorbeigeschoben ins Treppenhaus und von dort in die Küche.

## Hinter der Küche

Der Plan hatte vorgesehen, dass Luisa die Wachleute ablenkte, damit Rolf ungehindert das Kongresszentrum betreten konnte. Dort wollte er nach dem zweiten Küchenchef fragen, und von diesem Zeitpunkt an musste er improvisieren; schließlich konnte keiner vorher sagen, was dann geschehen würde.

Der zweite Küchenchef war genau so, wie er ihnen beschrieben worden war: groß und umfangreich mit einem runden Kopf voller blonder Stoppeln.

„Ich bin wegen der Apfelsinen hier, die eben angeliefert worden sind", sagte Rolf. „Da ist ein Irrtum vorgekommen. Sie haben versehentlich unsere kolumbianischen Orangen bekommen, es sollten aber eigentlich marokkanische sein."

„Nein, das ist schon alles in Ordnung so", sagte der Mann. „Ich habe ausdrücklich kolumbianische bestellt. Die Lieferung ist genau so, wie ich sie haben wollte."

„Ach - aber mir ist gesagt worden, ich müsste die Ware umgehend zurückholen."

„Das werden Sie nicht tun."

„Zumindest müsste ich einen Blick darauf werfen, um zu sehen, was genau Sie bekommen haben."

„Na, dann folgen Sie mir mal nach hinten."

Zu ihrem Entsetzen bemerkte Luisa, dass der Mann im Vorbeigehen ein Messer aus dem Messerblock zog und in der Hand behielt. Und es war nicht das kleinste.

„Ach, was ist das interessant!", flötete sie geistesgegenwärtig, „Was mag denn noch da hinten sein? Ob es da vielleicht noch gute Motive gibt?" Und sie schob sich hinter den beiden Männern her. Allerdings wurde sie von dem Koch aufgehalten und zurückgeschickt, bevor sie den Durchgang betreten konnte. Dafür eilte allerdings Mahmut hinter seinem Chef her. Hoffentlich würde das reichen.

„Ach, das ist ja wirklich schade! Hier ist auch nicht viel zu holen, so bildtechnisch gesehen, das sieht ja aus wie überall", maulte Luisa und wandte sich unauffällig dem Ausgang zu.

Der Mann vom Sicherheitsdienst behielt den Durchgang im Auge, durch den Rolf und Mahmut verschwunden waren, und so konnte Luisa mit ihrer Gefolgschaft unbeobachtet ins Treppenhaus gelangen. Dort sahen die drei einander an, und als hätten sie sich abgesprochen, sah man sie im nächsten Moment die Treppe hinaufhasten.

„Haben Sie überhaupt einen Lieferschein dabei?", fragte der Küchenchef von hinten.

„Nein, das sag ich doch, das ist es ja eben. Ich habe hier keinen, also stimmt da etwas nicht. Und wenn Sie den Durchschlag hätten, das würde mich doch sehr wundern."

„Kommen Sie mal mit."

Rolf und Mahmut wurden einen Gang entlanggeführt, der sich durch das ganze Gebäude zu ziehen schien und in dem sich kein Mensch befand. Ihre

Fußtritte klapperten auf dem Fliesenboden und hallten durch die Leere.

„Hier herein", sagte der Küchenchef und öffnete eine schwere Stahltür. Als die beiden eingetreten waren, hörten sie hinter sich den Schlüssel sich im Schloss drehen.

„Scheiße", sagte Mahmut aus vollem Herzen. Ausnahmsweise fand sein Chef die Wortwahl angebracht.


Die Putztruppe bekommt Verstärkung

Es war offensichtlich, dass es sich um die Hintertreppe des Kongresszentrums handelte. Dieses Treppenhaus protzte nicht mit Glas, Parkett und Chrom; hier herrschten Beton, Ölfarbe und Linoleum vor.

Luisa, Daniel und Janina waren die Treppe hinaufgerannt und sahen sich im ersten Stock flüchtig um. Hier wurde mit Sicherheit alles ebenso bewacht, als finde das Gipfeltreffen hinten statt und nicht in den edleren Räumen. Wo konnten sie sich unauffällig aufhalten, um Rolf und Mahmut notfalls zu Hilfe eilen zu können?

Zwei ältere Frauen in hellblauen Overalls kamen ihnen entgegen und musterten sie misstrauisch.

„Wer sind Sie denn?", fragte die energischere von beiden.

Janina hatte die Wischtücher bemerkt, die der anderen aus der Hosentasche lugten, und sagte schnell: „Wir sollen die Putztruppe verstärken."

„Da wissen wir aber nichts von", meinte die Frau misstrauisch.

„Nein, das ist auch ganz neu. Wir sind von einer Zeitarbeitsfirma. Sollen uns hier umziehen und dann warten. Mehr wissen wir auch nicht."

„Wo müssen wir denn da hin?", fragte Luisa. Jetzt war sie doch froh, dass sie ihre Ballerinas trug.

Zwar blieben sie misstrauisch, aber die Frauen sahen keinen Grund, die Umkleideräume geheim zu halten. Wenig später steckten Luisa, Daniel und Janina in hellblauen Overalls und konnten sich in den hinteren Räumen damit frei bewegen.

Als erstes spähten sie durch die Fenster nach Rolf und Mahmut aus. Es war keine Spur von ihnen zu entdecken. Der blaue Lieferwagen stand unberührt, wo die beiden ihn stehengelassen hatten.

„Wir müssen irgend etwas tun", sagte Daniel. „Wer weiß, was da unten mit denen passiert?"

Der Ruf nach der Kavallerie

Luisa hatte bereits ihr Handy gezückt und rief die Polizei an.

„Das war nicht überzeugend", sagte sie. „Die sind offenbar der Ansicht, hier gäbe es Sicherheitskräfte genug. Bis die kommen, das kann dauern."

„Dann müssen wir andere Hilfe rufen", meinte Janina.

Sie griff zu ihrem Prepaid-Handy. Immerhin gab es heute Nacht zwei Kneipen, in denen man auf ihren Anruf wartete.

„Sagt mal, habt ihr vielleicht Kumpel in Frankfurt?", fragte sie ihren Kontaktmann in der Rockbar.

„Na klar. Wir haben überall Kumpel."

„Wenn die sich jetzt sofort auf ihre Mopeds schwingen und ins Kongresszentrum kommen, dann können sie den Stoff hier abholen", sagte Janina. „Es müsste aber schnell gehen. Hintereingang. Fragt einfach nach dem stellvertretenden Küchenchef."

„Und der Preis ist akzeptiert?"

„Da brauchen wir kein Wort mehr drüber verlieren."

„Ich sag das dann mal weiter."

„Hab ich schon gesagt, dass es schnell gehen muss?"

„Kein Problem. Wir sind bekannt für schnell. Immerhin sind wir ein Motorradclub!"

„Nee, is klar", sagte Janina. Anschließend rief sie im Paradise an, und wie sich herausstellte, hatte auch Tim Kumpel in Frankfurt. Offenbar hatten die Gerüchte nicht gelogen und es war es wirklich ein Motorradclub, dem das Bordell gehörte.

„So, jetzt kann es nur noch um eine Viertelstunde gehen."

„Hoffentlich ist es dann nicht zu spät", sagte Daniel. Er war sichtlich nervös. Es fehlte nicht viel, und er hätte an den Fingernägeln geknabbert. „Ich mache mir echt Sorgen um den Chef. Und um Mahmut."

„Die werden ihnen nichts tun", beruhigte Luisa. „Die wollen doch nicht für Mord drankommen. Und hier ist alles dermaßen bewacht, die wissen genau, dass sie damit nicht durchkommen würden."

So ganz konnte sie niemanden überzeugen, weil sie selbst nicht überzeugt war; aber sie hatte recht. Rolf und Mahmut saßen völlig unbeschadet und ungefährdet in einem abgelegenen Vorratsraum ohne Vorräte und ihr dringendstes Problem für den Rest der Nacht schien darin zu bestehen, dass sie keine Toilette zur Verfügung hatten. Auch eine Flasche Wasser wäre nicht übel gewesen. Sollten sie nun hoffen, dass sie vergessen wurden, oder sollten sie es befürchten?

„Weißt du, was ich glaube?", fragte Mahmut. „Ich glaube, dieser Koch hat genau gewusst, dass da Koks in den Apfelsinenkisten drin ist."

„Meinst du, der hat das Gipfeltreffen nur als Tarnung benutzt?"

„Ich meine noch was ganz anderes. Vielleicht ist das gezielt für das Treffen bestellt worden."

„Politiker und Kokain? Jetzt geht aber die Phantasie mit dir durch."

„Nein! Ich hab da mal einen Bericht im Fernsehn drüber gesehen. Da haben sie die Abgeordnetenklos im Bundestag untersucht und massenweise Spuren von Koks gefunden. Und das waren Klos, wo nur Abgeordnete draufgehen, keine Angestellten oder Besucher und so."

Rolf wollte das nicht so recht glauben. Aber in einem Punkt musste er Mahmut zustimmen: Der Koch hatte gewusst, was sich in den Kisten befand. Wenn er sich wieder blicken ließe, würden sie ihm sofort von dem Strychnin erzählen und hoffen, dass er davon zumindest noch nichts gewusst hatte.


Die große Schlacht

Ein Polizeikommissar in einer kleinen Stadt hätte viel dafür gegeben, die weiteren Ereignisse dieser Nacht beobachten zu können. Es hätte ihm die Erfüllung eines Traumes bedeutet.

Die Freunde des Paradise waren die ersten, die in einem laut röhrenden Konvoi vor dem Hintereingang des Kongresszentrums vorfuhren, ihre Motorräder abstellten und die Helme abnahmen. Das rief sofort alle Sicherheitsleute auf den Plan, die sich eigentlich auf eine ereignislose Nachtschicht eingestellt hatten. Dafür verschwanden die rauchenden Küchenangestellten schneller in ihrer Küche, als sie jemals in ihrem bisherigen Leben mit einer Zigarette fertig geworden waren. Was dem Lebensmittelhändler und seinem Lehrling fraglos zugestanden worden war, nämlich der Zugang in die Küche, wurde den Rockern mit letztem Einsatz verwehrt.

Zumindest verzichteten beide Parteien darauf, ihre Schusswaffen abzufeuern, von denen durchaus einige vorhanden waren. Die Sicherheitsleute beschränkten sich auf ihre Gummiknüppel und die Rocker auf Schlagringe und Baseballschläger.

Die Prügelei war eben im schönsten Gange, da kam die zweite Rockerbande von der andern Seite her vorgefahren. Es war ihnen zwar nicht ganz klar, wer hier gegen wen kämpfte und warum. Das hinderte sie aber nicht daran, sich fröhlich ins Getümmel zu stürzen. An Gegnern mangelte es ihnen nicht, denn sie sahen weder die Mitglieder eines befeindeten Clubs noch die eines Sicherheitsdienstes als alte Freunde an. Klugerweise hatten sie ihre Helme aufbehalten, so dass keiner lange nach den Clubabzeichen suchen musste, um Freund und Feind auseinanderzuhalten.

Die Küchenangestellten flohen tiefer in die Unterwelt des Gebäudes hinein und suchten Zuflucht in den hinteren Vorratsräumen, wobei sie versehentlich auch die Tür zu dem Gefängnis von Rolf und Mahmut aufschlossen.

Auch Luisas Anruf war nicht ganz ohne Folgen geblieben. Der Polizeifunk hatte durchgegeben, wenn ein Streifenwagen zufällig in der Nähe des Kongresszentrums sei, dann könne er ja mal einen Blick auf den Hintereingang werfen.

Der Anblick war nicht das, was die beiden Uniformierten erwartet hatten. Sie sahen eine wüste Massenschlägerei, an der mindestens 50 Männer beteiligt waren, von denen kein einziger ungefährlich aussah. Vor ihren Augen pirschte sich soeben ein Sicherheitsmann mit erhobenem Schlagstock an zwei Rocker heran, die so intensiv miteinander beschäftigt waren, dass er zumindest einen von ihnen erwischen würde; danach würde es dann darauf ankommen, wie schnell der andere sich auf den neuen Gegner einstellen konnte. Nur so zum Zeitvertreib prügelten sich die hier nicht, so viel war klar. Die meinten es ernst.

Klugerweise beschlossen die beiden Polizisten, nicht einzugreifen, sondern stattdessen Verstärkung anzufordern. Und zwar viel Verstärkung. Vielleicht eine Hundertschaft in voller Montur? Nein, das schiene ihnen nicht unangemessen, sagten sie. Und ein halbes Dutzend Krankenwagen könne auch nicht schaden.

Wo ein internationales Gipfeltreffen stattfindet, da gibt es auch Proteste. Und wo Proteste drohen, da werden vorsorglich Schutzpolizisten stationiert. In dieser Nacht stand ein kleines Grüppchen friedlicher Demonstranten vor der Alten Oper und hielt Schilder in die Fernsehkameras, auf denen ein bedingungsloses Grundeinkommen, der Austritt aus dem Euro, die Rückkehr zum Goldstandard und die Verstaatlichung der Banken gefordert wurde, je nach persönlicher Vorliebe des jeweiligen Schilderträgers. Viel Polizeipräsenz war da nicht nötig und hätte sich auch in den Nachrichten nicht gut gemacht. Deshalb lagen ganze Hundertschaften in ihren Kasernen und langweilten sich. Die Prügelei am Hintereingang des Kongresszentrums kam ihnen wie gerufen. Mit Feuereifer stürzten sich 120 Mann in ihre schwere Montur, griffen zu Knüppeln und Schilden und rannten zu den Einsatzwagen.

„Au!", sagte Janina gefühlvoll. Soeben hatte ein Rocker einen anderen mit einem Schlagring am Backenknochen getroffen, so dass dem das Blut übers Gesicht rann. Er revanchierte sich mit einem Fausthieb in die Magengrube, und als sein Gegner sich vor Schmerzen krümmte, ließ er einen ordentlichen Hieb auf dessen Helm folgen.

Längst standen alle Fenster nach hinten voller Beobachter. Die Putztruppe in hellblau war ebenso versammelt wie das Servicepersonal in seinen marineblauen Uniformen. Luisa, Daniel und Janina in ihren Overalls fielen überhaupt nicht mehr auf. Keiner hätte jetzt noch mit dem Finger auf sie zeigen und sagen können, dass sie hier nicht zugehörten.

„Vielleicht sollten wir jetzt wieder runtergehn und sehen, was der Chef macht", meinte Daniel. Aber er sagte es in einem so zögerlichen Tonfall, dass niemand darauf reagierte.

Der Chef, dem seine Gefängnistüre nun offenstand, bewegte sich vorsichtig durch die Gänge dieses unterirdischen Labyrinths. Er hatte sich die Türen zur Linken ausgesucht und Mahmut die zur Rechten zugewiesen, und so unauffällig wie möglich gingen sie zwischen den geflüchteten Küchenhelfern umher und suchten nach einem Stapel kolumbianischer Orangenkisten. Bislang waren sie noch nicht fündig geworden, aber irgendwo musste das Zeug ja stecken.

Auch andere wurden in dieser Nachtstunde plötzlich aktiv. Natürlich gab es für die Einsatzbefehle der Schutztruppen eigene, streng geheime Funkfrequenzen; aber die beiden uniformierten Polizisten in ihrem einfachen kleinen Streifenwagen hatten den normalen Polizeifunk benutzt, und den hörten in dieser Nacht interessierte Personen ab.

Journalisten, die sich auf die üblichen Randerscheinungen eines Gipfeltreffens spezialisiert hatten, bezogen aus dem Polizeifunk ihre Informationen. Und wenn darin normalerweise auch nur gesagt wurde, dass dieser oder jener Platz derzeit gesperrt oder eine spezielle Straße freizuhalten sei, so konnte ein geübter Journalist doch auch daraus seine Schlüsse ziehen. Nun wurde eine ganze Hundertschaft angefordert! Da musste etwas los sein, über das zu berichten sich lohnte. Kameramänner wurden aus dem Schlaf gerissen, Pressebinden über den Arm gestreift, Autos angelassen.

Auch linke Hilfsorganisationen hörten den Polizeifunk ab. Sie warteten darauf, Polizeiwillkür dokumentieren oder verletzten Genossen helfen zu können. Auch sie stürzten zu ihren Autos, in gut gepolsterten, wasserdichten Jacken, mit Kameras und Verbandskästen bewaffnet.

Die Einsatztruppen waren am schnellsten.

Nichts vereint so schnell wie ein gemeinsamer Feind. Eben hatten sie sich noch gegenseitig geprügelt, geboxt und getreten, da sahen sich die drei ineinander verknäulten Parteien plötzlich einer vierten gegenüber. In einem weiten Halbkreis waren sie umzingelt von einer Mauer aus mannshohen Plexiglasschilden. Darüber waren Polizeihelme zu sehen.

Die Sicherheitskräfte wurden sich vage der Tatsache bewusst, dass man doch - irgendwie - auf der selben Seite des Gesetzes stand, und zogen sich vorsichtig aus dem Getümmel heraus und in Richtung der Hintertür zurück. Die Rocker jedoch, von Natur aus freiheitsdurstig und derzeit außerdem noch voller Adrenalin, fühlten sich eingesperrt und verbündeten sich spontan gegen dieses gesichtslose Hindernis.

Zunächst warfen sie sich brüllend auf die jeweils nächstgelegenen Schilde. Sie versuchten sie zu unterlaufen und mit tiefen Stockhieben auf ungeschützte Polizistenknöchel zu treffen; dabei boten sie allerdings selbst ein zu gutes Ziel und trafen zu selten.

Dann hatte der Anführer der Behelmten eine schwache Stelle ausfindig gemacht, an der die Schilde seiner Ansicht nach nicht ganz so dicht standen. Er rief seine Truppe zusammen und befahl einen gemeinsamen Durchbruch. Die Unbehelmten schlossen sich ihm spontan an.

Ein Keil aus Motorradhelmen stieß in die winzige Lücke vor. Das Innere des Keils bestand aus Unbehelmten, die weniger gut geschützt, dafür aber umso wütender waren. Auf die Hilfe eines verfeindeten Clubs angewiesen zu sein, verstieß schmerzhaft gegen ihre Rockerehre. Wo immer ein Behelmter stürzte, quollen sie aus der Formation heraus, fielen über den nächststehenden Polizisten her und brachten ihn mit ihrer schieren Masse und ihrem wütenden Ansturm zu Fall. Auf diese Weise gelang etwa zwei Dritteln der Rocker der Durchbruch.

Allerdings wurde ihre Flucht dadurch erschwert, dass jeder einzelne zunächst nach seinem eigenen Motorrad suchen musste. Während dieser Verzögerung gelang es den Polizisten, ein weiteres Drittel einzufangen, zu Boden zu werfen und festzunehmen. Da die meisten Rocker ohnehin schon Blessuren aufwiesen, hielten sie es nicht für nötig, dabei allzu zimperlich vorzugehen. Auch waren sie nicht daran gewöhnt, dass sich jemand gegen sie zur Wehr setzte, und deshalb besonders ärgerlich.

Die ersten Journalisten waren eingetroffen und auf ihre Autodächer gestiegen, um freien Blick auf die Schlacht hinterm Kongresszentrum zu haben. Als der Einsatzleiter bemerkte, dass er vergessen hatte, sich den Rücken sichern zu lassen, war es zu spät und die Fotos waren gemacht. Ein Mitglied der Roten Hilfe musste er sogar von einem Krankenwagen herunterholen lassen, als der Kampf vorüber war. Rein zufällig fiel dabei dessen Kamera zu Boden und wurde gründlich zertreten.

Schade nur, fand er, dass er das bei den Journalisten nicht ebenfalls machen durfte.

Aber das wäre vollkommen sinnlos gewesen: Zahlreiche Fotos waren auch aus den Fenstern des Kongresszentrums geschossen worden. Die meisten Putz- und Servicekräfte hatten irgendwann einmal im Verlauf der „Schlacht am Kongresszentrum", wie die Presse die

Ereignisse taufen sollte, ihre Handys gezückt und wie wild drauflosfotografiert. So etwas geschah nicht alle Tage, so etwas konnte man später einmal seinen Enkeln zeigen! Der Untersuchungskommission, die später die Schlacht untersuchen würde, konnte auf mehr Fotomaterial zurückgreifen, als ihr lieb war.

Mahmut hatte inzwischen einen Raum voll mit den vertrauten Orangenkisten gefunden. Eine schnelle Überprüfung ergab, dass sich Tüten zwischen den Orangen befanden. Nun musste nur noch dafür gesorgt werden, dass jemand zufällig auf diese Kisten stieß – und das wäre dann hoffentlich jemand, der klug genug wäre, die Polizei zu informieren!

Rolf beschloss, dem Zufall und der Ehrlichkeit des Finders auf die Sprünge zu helfen. Er wartete darauf, dass eine möglichst gemischte Gruppe den Gang entlang käme. Schließlich musste er vorlieb nehmen mit einigen Küchenhelfern und einem einzelnen Sicherheitsmann. „Warum sind denn da so weiße Tüten in den Apfelsinenkisten?", fragte er so unschuldig wie möglich. „Hat die nicht der Stellvertretende Küchenchef eigenhändig entgegengenommen? Ist das normal?"

Sobald sich die ersten umgedreht hatten, um nachzusehen, verschwand er leise und unauffällig den Gang hinab und zog Mahmut am Ärmel mit sich.

Unauffälliger Rückzug

Sie spähten vorsichtig in die Küchenräume, um dem Stellvertretenden Küchenchef gegebenenfalls aus dem Weg gehen zu können. Als sie ihn nicht sahen, pirschten sie sich weiter vor ins Treppenhaus. Hier endete ihr Rückzug zunächst, denn Sicherheitsleute versperrten den Blick nach draußen.

„Mann, Mann, Mann", sagte einer. Dabei war zu diesem Zeitpunkt die Schlacht schon fast geschlagen. Die letzten Widerständler wurden eben zu Boden geworfen. Vielleicht war es der Respekt vor dem früheren Gegner, der jetzt zu unvermutetem Mitleid an unerwarteter Stelle führte.

„Wann wird man denn hier mal wieder fortkommen?", fragte Rolf allgemein in die Luft hinein. „Ich hätt ja schließlich auch noch was anderes zu tun."

„Wenn Sie's wirklich eilig haben, dann würde ich die kleine Tür an der Seite nehmen", antwortete einer. „Wenn Sie der Polizei in die Finger fallen, dann werden die eine Aussage von Ihnen wollen, und das kann dann dauern."

Rolf bedankte sich überrascht. Von einem Seiteneingang hatte er nichts gewusst. Er ließ sich den Weg beschreiben; und während die letzten Rocker auf die Polizeiwache oder in die Notaufnahme der Krankenhäuser gefahren wurden, die Journalisten zu ihren Computern eilten und die Polizei mit einer ersten Bestandsaufnahme begann, fuhr auch ein blauer Lieferwagen, von niemandem beachtet, vom Hof.

Auch Janina bemerkte es erst einige Augenblicke später. „Schaut mal, der Lieferwagen ist weg!", rief sie.

„Ach, wie gut. Die beiden sind heil rausgekommen. Dann können wir ja jetzt auch gehen."

In ihrem Fall war das Hinauskommen leichter als das Hereinkommen.

Die zuständige Hausdame hatte der Polizei klipp und klar erklärt, dass ihre Leute morgen früh zu arbeiten hätten, dass das Auge der Welt auf sie schaue – auf diesen Ausspruch war sie besonders stolz – und dass sie unmöglich die ganze Nacht auf irgend einer Polizeiwache sitzen könnten. Sie habe alle Namen und Adressen, und wenn jemand etwas von ihren Leuten wissen wolle, dann möge er sie bitte nach Beendigung des Gipfels danach fragen. Die Aussagen liefen der Polizei nicht weg, aber die Arbeit müsse jetzt gemacht werden.

Gegen eine solche Ansammlung von Binsenwahrheiten ließ sich schlecht etwas einwenden. Die Polizei gab es für heute auf, die Zeugenaussage jeder einzelnen Putz- und Servicekraft aufzunehmen, und so konnten Luisa, Daniel und Janina das Gebäude mit den anderen zusammen verlassen. Richtig daran glauben konnten sie selbst erst, als der Phaeton vom Hof rollte und auf die Straße einbog, ohne dass jemand versucht hätte, ihn aufzuhalten.

Beim Lagerhaus trafen sie sich wieder.

## Auf zum letzten Akt

„Hab ich das nicht toll gemacht? War das klasse oder war das klasse?", rief Janina als erstes. Sie wollte sich zu ihrer Idee beglückwünschen lassen, die beiden Motorradclubs herbeizurufen. Die anderen waren der Ansicht, einer hätte es auch getan, lobten sie aber trotzdem.

„Gott sei Dank, die Sache ist ausgestanden", sagte Rolf. Er machte einen erschöpften Eindruck. „Jungs, ihr habt mir graue Haare eingebracht. Macht sowas nie wieder. Und euch dreien meinen herzlichen Dank, dass ihr uns nicht im Stich gelassen habt."

„Für mich ist es noch nicht so ganz vorbei", meldete Luisa sich vorsichtig.

„Ach, komm, lass doch jetzt die Polizei sich damit rumschlagen! Das geht uns alles nicht mehr an."

„Doch, mich schon noch. Ich muss noch dem Paten Bericht erstatten. Und dazu wüsste ich gerne, ob mein Kollege mit drinsteckt und was der Pate von der Sache wusste. Ich steh grad so ein bisschen zwischen allen Stühlen."

„Und was wirst du tun?", fragte Rolf.

„Ich werde den nächsten Flug nach Neapel nehmen."

„Ich komme mit."

„Das kannst du nicht machen!"

„Möchtest du mich nicht dabeihaben?"

„Naja – wie man's nimmt – also eigentlich schon. Aber ich habe keine Ahnung, was mich in Neapel erwartet."

„Na, das werden wir ja dann herausfinden."

Janina kicherte haltlos. Das Praktikum hatte ihr einen Heidenspaß gemacht bisher, und dass jetzt ihr Chef noch einen Mafiapaten aufsuchen wollte, das setzte dem Ganzen die Krone auf.

Der einzige Wermutstropfen war für sie, dass ihr das keiner glauben würde.

„Und ich geh morgen mal gucken, wie es Dimitrij geht", sagte sie.

„An dem Kerl hast du wohl einen Narren gefressen", meinte Mahmut missmutig.

„Immerhin hat er allen möglichen Schaden verhindert! Wie stünden wir jetzt da, wenn er das Koks nicht probiert hätte?"

„Als nächstes erzählst du mir noch, er hätte die ganze westliche Welt gerettet."

„Ja – das könnte man fast sagen. Wenn auch natürlich nur aus Versehen."

„Uns zumindest hat er gerettet", meinte Daniel. „Stellt euch vor, wir hätten das Zeug verkauft, egal an wen! Die hätten Hackfleisch aus uns gemacht."

# Samstag

Der Phaeton war mit zwei Lehrlingen und einer Praktikantin in die kleine Stadt zurückgebraust. Rolf hatte für einige kurze Stunden eine Schlafstätte auf Luisas Sofa gefunden, denn sie war der Meinung, man müsse schließlich ausgeschlafen sein, wenn man einem Paten entgegentrete; ansonsten würde sie ihm auch gerne einen Platz in ihrem Bett angeboten haben. Am Morgen kam er noch in den Genuss ihres Ladyshave, ihres Gesichtswassers und einer Gästezahnbürste, und am Mittag stiegen die beiden unter einem grauen südlichen Dezemberhimmel aus dem Flugzeug.

Es war, wie sich herausstellte, der Tag der großen Trauerfeier für des Paten so unglücklich, so plötzlich und unerwartet verstorbenen Freundes Rudolfo. Alle Geschäfte hatten heute zu ruhen, wurde ihnen gesagt. Heute nehme der Padrone nur Trauerbekundungen entgegen und sonst nichts.

Luisa ließ sich so leicht nicht aufhalten. Sie besorgte Rolf und sich zwei schwarze Anzüge, die später auf der Spesenrechnung wieder auftauchen würden. Dann würden sie ihre Informationen eben als Trauerbekundungen formulieren, wenn es nicht anders ging.

Für einen nordischen Protestanten ist ein süd-italienischer Dom unvertrautes Gelände, und das umso mehr, wenn die Gottesdienstteilnehmer Namen tragen könnten wie „Die Narbe" oder „Sieben Finger". Eingehüllt von Weihrauchschwaden saßen hier hochrangige Mitglieder der wichtigsten Familien von Neapel, Palermo und Bogota, jeweils umgeben von grimmig dreinschauenden Leibwächtern, und ihre Gattinnen und Töchter auf der anderen Seite des Kirchenschiffs blickten hochmütig unter schwarzen Spitzenschleiern hervor.

Die Messe wurde auf Don Lucianos besonderen Wunsch auf Latein gelesen. Er war der Ansicht, das würde seinem Freund Rudolfo gefallen haben.

Rolf war unbehaglich zumute, als er sich im Anschluss an die Messe in die lange Schlange der Kondolierenden stellte. Dies war eine fremde Welt, und eine gefährliche noch dazu. Jeder Fauxpas konnte durchaus auch tödlich enden.

Aber Luisa schritt forsch voran, unmöglich konnte er sie jetzt ihrem Schicksal überlassen. „Basco la mano, Don Luciano", murmelte einer nach dem anderen der vorbeidefilierenden Trauergäste und beugte sich ehrerbietig über die Hand des Paten.

Als Luisa an der Reihe war, ein paar nichtssagende Worte des Beileids zu murmeln, sagte sie stattdessen: „Wir haben Ihre kolumbianische Ware gefunden. Sie war vergiftet und ist an das Gipfeltreffen in Frankfurt geliefert worden."

Auch ihr selbst war nicht wohl dabei zumute, als sie diese Worte sprach. Schließlich mochte der Pate selbst der Urheber des ganzen Schlamassels sein. Diese Möglichkeit musste sie immer mit bedenken, durfte sie aber auf gar keinen Fall durchblicken lassen.

Don Luciano winkte einem unscheinbaren kleinen Mann, der schräg hinter ihm gestanden hatte. Silvio

Francini trat vor und der Don flüsterte ihm ins Ohr: „Bringen Sie diese beiden zum Hotel. Ich möchte dort vor dem Essen mit ihnen reden."

„Wenn Sie mir bitte folgen wollen", sagte Silvio. Nun waren die Würfel gefallen, dachte Rolf. Nun waren sie auf Gnade oder Ungnade der Mafia ausgeliefert.


Unterredung mit dem Don

Eine Trauerfeier der Mafia schloss nicht nur eine feierliche Messe, sondern auch ein reichliches Essen ein, das sich später durchaus in ein Gelage verwandeln mochte. Nebenbei würden sicher auch einige Geschäfte abgeschlossen werden; man traf sich schließlich nicht alle Tage in so großem Kreis. Deshalb hatte das Hotel vorsorglich einige kleinere Nebenräume mitvermietet und mit Getränken zur Selbstbedienung ausgestattet. Zu Luisas Freude schloss die Selbstbedienung auch einen Espressoautomaten und eine Schale mit Gebäck ein.

„Wie kannst du jetzt nur an Essen denken!", meinte Rolf, aber Luisa lachte nur und empfahl ihm die leckeren Biscotti.

Als der Don schließlich hereinstapfte, wirkte er zunächst durchaus bedrohlich. Er schien wütend zu sein und machte keinen Hehl daraus.

„Ich habe es immer gesagt! Silvio, habe ich es immer gesagt oder nicht?", brüllte er.

„Selbstverständlich, Padrone."

„Alle wollten mir einreden, dass dieses verdammte Koks – oh, entschuldigen Sie bitte, Signora. Also dass dieses Koks rein zufällig verschwunden ist, versehentlich, aus einer Laune des Schicksals quasi. Aber ich habe ihnen gesagt, dass das Schicksal keine solchen Spielchen treibt mit Don Luciano! Habe ich das gesagt, Silvio?"

„Das haben Sie, Padrone."

„Und nun kommen Sie daher und erzählen mir, ich hatte recht. Diese Schweinehunde haben meine Ware geklaut, vergiftet und – was haben Sie gesagt, Signora, was sie damit getan haben?"

„Es wurde in das Kongresszentrum in Frankfurt geliefert, wo zur Zeit gerade ein großes internationales Gipfeltreffen stattfindet."

„Madonna mia!" Don Luciano hob anklagend die Hände gen Himmel. „Politiker vergiften! Ja, welcher hirnverbrannte Idiot kommt denn auf so eine Idee!" Er schüttelte den Kopf, dass seine Wangen schwappten. „Das können keine von unseren Leuten gewesen sein. Silvio, vielleicht habe ich mich doch geirrt. Das waren Amateure. Kein Profi würde auf den Gedanken kommen, Politiker zu vergiften. Man stochert doch nicht in einem Ameisenhaufen, auf dem man selber sitzt!"

„Man müsste das untersuchen, Padrone", sagte Silvio Francini vorsichtig. „Ein Zufall war das sicher nicht, aber wer ist dafür verantwortlich?"

„Ja, das möchte ich verdammt nochmal auch gern wissen. Verzeihen Sie, Signora."

„Wenn Sie gestatten – ich habe Anlass zu der Vermutung, dass möglicherweise mein Kollege mit der Angelegenheit zu tun hat. Er hat in meiner Abwesenheit die Orangenkisten ins Kongresszentrum gebracht, und dort hat offenbar schon jemand auf Ihre Ware gewartet."

„Ihr Kollege, hm? – Ach übrigens, was ist jetzt eigentlich aus der Ware geworden?"

„Dieser Herr hier –" und Rolf wurde vorsichtig ins Rampenlicht geschoben „– hat dafür gesorgt, dass die Polizei es rein zufällig findet. Wenn Sie ihm verzeihen wollen, aber es ging nicht anders, und Sie hätten es ohnehin nicht mehr verkaufen können."

Der Pate nickte bedächtig. Die letzte Frage schien er rhetorisch gemeint, die letzte Antwort kaum gehört zu haben. Luisa vermutete zu Recht, dass die Synapsen in diesem massigen Körper unvermutet schnell arbeiten konnten.

Schließlich schnippte er mit den Fingern. „Silvio, zwei Leibwächter. Nein, besser vier, zwei hier drin und zwei vor der Tür. Und dann holen Sie mir meinen missratenen Schwiegersohn und unseren Mann in Kolumbien. Als erstes den Schwiegersohn. Signora, wenn Sie sich vielleicht nebenan aufhalten könnten mit dem Herrn, bis ich mit dieser Missgeburt fertig bin, die meine dämliche Tochter unbedingt heiraten musste?"

Es war doch alles gut gemeint

Es waren nur Bruchstücke der Unterredung durch die Tür zu verstehen. Ganz sicher war, dass Don Luciano sich ohne Luisas Anwesenheit mit dem Fluchen nicht zurückhielt. Sicher war auch, dass der Schwiegersohn im Laufe des Gespräches immer kleinlauter wurde. Schließlich standen Silvio und Don Luciano in der Tür.

„So, das hätten wir", sagte der Don zufrieden. „Das hat man dann davon, wenn man junge Leute studieren lässt, statt dass sie von der Pike auf lernen wie wir früher. Dieser selten blöde Akademiker hat gemeint, dass ein Skandal beim Gipfeltreffen dazu führen würde, dass alles eingebuchtet wird, was in Deutschland Geschäfte betreibt. Hinterher würden wir lauter Nachfrage vorfinden und könnten unsere Preise sonstwohin schrauben. Hat man einen solchen Schwachsinn schon einmal gehört? Der hat einfach keine Ahnung vom Geschäft. Auf dem Papier klappt sowas, aber in Wirklichkeit kann es nur schiefgehen."

Rolf musste unwillkürlich nicken.

„Signora, wie können wir Ihnen danken?", fragte Silvio Francini.

„Sie haben mich beauftragt, das herauszufinden, und ich habe nichts weiter getan als meinen Auftrag erfüllt", sagte Luisa. „Ich werde Ihnen einfach meine Rechnung schicken."

„Es ist eine Freude, mit Ihnen Geschäfte zu machen", sagte der Don; und Luisa musste eine sehr fleischige Hand drücken, worauf sie auch hätte verzichten können.

„Und was Ihren Geschäftspartner betrifft", fügte er hinzu, „wenn ich Ihnen behilflich sein kann, ihn loszuwerden, dann lassen Sie es mich wissen. Ich denke da an Zeugenaussagen, die ihn mit der Lieferung an das Gipfeltreffen in Verbindung bringen und ähnliches. Nicht dass Sie jetzt etwas anderes vermuten."

„Wäre mir im Traum nicht eingefallen", gab Luisa zurück, und der Don lachte schallend.

„Was haben Sie jetzt vor, wenn ich fragen darf?"

„Nächste Woche mache ich erstmal Urlaub. Ein bisschen tauchen vielleicht."

„Ich würde Sie ja gerne noch zum Essen einladen. Aber ich muss jetzt mit diesen verfluchten Kolumbiern reden, und ich will verdammt sein, wenn das keinen Ärger gibt." Er seufzte tief. „Und deshalb ist es vielleicht am besten, wenn ich mich jetzt von Ihnen verabschiede. Das ist hier eine Familienangelegenheit."

Damit war der Don zur Tür heraus. „Ach, Silvio", sagte er, „ich weiß überhaupt nicht, wie diese jungen Leute heutzutage auf so seltsame Ideen kommen. Gift für Politiker! Es ist nicht zu fassen."

„Ja, Padrone", sagte Silvio.

Es war ihm wirklich nicht leicht gefallen, diesen Gedanken unauffällig in Umbertos Kopf zu bekommen.

Umso erfreulicher, dass dann die Ausführung ein solches Fiasko geworden war. Und ein ganz unvermuteter Glücksfall war es gewesen, dass er auch noch Rudolfo bei der Gelegenheit hatte beseitigen lassen können, ohne dass jemals ein Schatten eines Verdachtes auf ihn fallen würde. Silvio war zwei Konkurrenten um die Nachfolge des Dons losgeworden. Zufrieden trottete er hinter seinem Herrn her.

Und jetzt würden es die Brüder aus Kolumbien büßen müssen, dass sie sich auf Umberto eingelassen hatten. Das Leben konnte wirklich schön sein.


„Eine große Hilfe bin ich dir ja nicht grade gewesen", meinte Rolf, als sie das Hotel verließen.

Luisa blieb stehen.

„Doch!", sagte sie, „doch, du warst mir sogar eine sehr große Hilfe! Ich weiß nicht, wie ich das hätte schaffen sollen, wenn ich da alleine hätte stehen müssen. Diese Italiener hätten mich vielleicht nicht einmal ernst genommen. Jetzt brauch ich aber wirklich Urlaub! Was hast du eigentlich nächste Woche vor? Kannst du tauchen? Ich wüsste da eine hübsche kleine Insel ..."

Dieses Buch entstand auf einer facebook-Seite, unter anderem mit der folgenden

# Facebook-Herausforderung:

Ich schreibe hier grad eine Krimikomödie. Live. Und ich baue Eure Anregungen mit ein.

Ein Gastauftritt für die Schwiegermutter? Ein hanebüchenes Zitat? Ein paar völlig unpassende Wörter? Eine neue Örtlichkeit?

Her damit!

So, mein Handschuh liegt in der Arena. Wer nimmt ihn auf?

Dazu kamen folgende Kommentare:

Die Jungs haben sowas von keinem Plan, was Koks angeht, daß sie erstmal den Stoff in ein Lager bringen und mehr oder weniger vergessen. Erst die hübsche, etwas zwielichtige Praktikantin der Marketingabteilung, die mehr wegen ihrer ... Augen angestellt und nach entsprechender Verweigerung ins Lager strafversetzt wurde, erkennt, um was es sich handelt.

Sie sieht die Gelegenheit, mal so richtig den Punk abgehen zu lassen und ...

... die Jungs suchen also schon nen Käufer – Zeit, um einen psychisch eher ungefestigten V-Mann auftreten zu lassen, der selber kokst, ein Auge auf die zwielichtige Praktikantin und keinen Plan hat. Comic Relief-mäßig (Später wird der Typ – nennen wir ihn 'Achmed' – alle Beteiligten und die westliche Welt retten, wenn auch nur aus Zufall.)

Die dortigen Verteiler fühlen sich veräppelt, und es kommt zu einem tödlichen Streit zwischen den Mafia-bossen.

Eva Finkenstädt, Autorin Weil ich schon einen Mahmut habe, würde ich den Ahmed gern Dimitrij oder sowas nennen dürfen. Okay?

Und auf speziellen Wunsch eines einzelnen Herrn hat der Bordellbesitzer inzwischen den Namen Tim erhalten.

Liebe Leserin, lieber Leser,

ich danke Ihnen, dass Sie mein Buch gelesen haben, und hoffe, Sie hatten Freude daran. Wenn Sie irgend etwas dazu sagen möchten - egal, ob positiv oder negativ -, dann würde ich mich freuen, wenn Sie einen Kommentar auf Amazon hinterlassen.

Und falls Sie noch etwas anderes von mir lesen möchten, empfehle ich Ihnen diese Romane:

## Das Erbe der Füchsin
Familiensaga aus dem 19. Jahrhundert

## Das Herdfeuer, der Weg
Mittelalterroman

Marburg, 9. Januar 2014

Eva Finkenstädt

Zeitfracht Medien GmbH
Ferdinand-Jühlke-Straße 7
99095 Erfurt, Deutschland
produktsicherheit@kolibri360.de